中公文庫

作家の仕事部屋

ジャン＝ルイ・ド・ランビュール 編
岩崎　力訳

JN009509

中央公論新社

目次

作家の仕事部屋

Jean-Louis de RAMBURES : "COMMENT TRAVAILLENT LES ÉCRIVAINS"
© Éditions Flammarion, Paris, 1978

This book is published in Japan
by arrangement with Éditions Flammarion,
through le Bureau des Copyrights Français, Tokyo.

序

自分の天職は小説家になることだという思いを、胸底深く秘めながら愛撫しているジャーナリストが多いようだが、私自身に関していえば、その探索者になりたいというのが久しい夢であった。

私はこれまでいつも、インタヴューやルポルタージュを《旅への誘い》と見なしてきたので——実を言えばそういうジャーナリズム観は、ある種の編集長にはまったくお気に召さないらしい。試みに、自分はなにひとつ知らないからこそ、ある主題に取り組んでみたいのだという気持を彼らに理解してもらおうとしてみるがよい——、一九七〇年、作家たちが仕事するうえでどんな習慣をもっているか、アンケートしてみたらという提案が《ル・モンド・デ・リーヴル》（〈書物の世界〉の意。《ル・モンド》紙の文芸定期欄）によってなされた時、私にとってそれは、冒険に乗り出すための願ってもない好機と思われた。

ある作家が鉛筆をどんなふうに削るか、どんな色の紙を使うか、タイプライターは何社製かをたずねること……もしそれが、言葉と言葉をある種のやり方で寄せ集めることによって、ある作家がひとりの読者に、いや何千人もの読者に及ぼすあの神秘的な作用について、より多くを知るための迂回路だったとしたら？　そう考えただけで、私は、それまで神聖不可侵なものと思えていた山頂に通じる未知のルートの存在を教えられた登山家になり変ったような気がした。

　最初から私は、挿話的なものをもっぱらスプリング・ボードとして利用しようと決心していた。インタヴューの相手として誰を選ぶべきか？　どんな質問をすればよいのか？　それに、作家の習癖や奇癖のほかに、私はいったいなにを発見できるというのか？　当初私にはいっさい見当がつかなかったと言ってもいいのだが、体験から教訓を引き出していた私は、そんなことを白状するのを差控えた。

　そもそも私のインタヴューを受けてくれる作家が見つかるだろうか？　その点については、しかし、ほどなく安心できた。もっとも、たとえばポール・モーランの場合、そうしたほうがいいと思い込んで、私のリストに書き込まれているのはあなたの名前だけではないと知らせたのだが、その彼の返事――「一人だけ選ばれた作家というのであれば、なんという讃辞でしょう！　しかし十人となると、これはもう腐敗というほかはありません！」――は、ほとんど例外だったと言ってもよい。

　依頼した作家たちは、最初から、思いがけないほど積極的な反応を示してくれた。第三者を介して、あるいは直接にさえ、インタヴューを受けたいという申込みがたちまち殺到した。たとえばある日、ある出版者にアンケートの素案を見せたところ、彼は即座にこう言ったものである——「私自身、何冊か本を書いている。私もこのリストに加えてくれたら、なにかを補えるんじゃないかな。わかるだろ、うまく言えないが、これだけじゃなにかが欠けているから」。

候補者たちのなかからどうやって選べばよいのか？　このアンケートからなんらかの教訓を引き出したいのであれば、彼らの知名度や私自身の個人的趣味を選択基準にして満足するわけにはいかなかった。そこで私はカードをかき混ぜて、フィリップ・ソレルスとギ・デ・カールを、フランソワーズ・サガンとエレーヌ・シクスーを、前科のあるアルフォンス・ブダールと敬虔なマルセル・ジュアンドーを隣りあわせにしようと決心した。ただし対象はフランスの領域に限った。ナショナリズムからではない。問題を無益に複雑にするのはやめようと思ったからにすぎない。

質問事項の問題ははるかに厄介であることが、やがてわかってきた。信条告白という点では、私の候補者たちはおおむね見事な一致を見せていた。ロベール・パンジェに言わせれば「仕事は呼吸と同じく必要不可欠」であるし、エレーヌ・シクスーは自分の書くテクストを「欲望の対象」に、自分の仕事を「愛の関係」にたとえる。マックス・ガロは、一冊の本を書き了えると、一種の《欠落》を感じる……

しかし逆に、問題の作家の作品を読み返したあとで（あるいははじめて読んだあとで）、いろいろと具体的な質問を考える段階になると、突然すべてが《厄介》になり（マンディアルグ）、《罠が仕掛けられ》（ナタリー・サロート）、《難しくなる》（フランソワーズ・サガン）。サガンなどはさらにこう付け加える――「ある過程が成功するかどうかは、まさに自分を考えないことにかかっているというのに、どうして多少の出鱈目をまじえずにその過程を描写できるでしょう」。

絨毯《じゅうたん》のうえにあぐらをかいたフィリップ・ソレルスは、自分の方法を説明するという口実のもとに、これまでの著書を自分の周囲にまき散らし、彼の辿った変化の段階に応じて、それらをいくつかの山に積み上げる。ギ・デ・カールは、それを適用しさえすれば、現代フランス文学の陥った危機を完全に解消できるはずの処方の数々を列挙し、ラテン・アメリカ人を思わせる熱狂に駆られて、最後には私に《君《テュ》》と話しかける。インタヴュー記事に是非もう一度目を通したいと言い張ったナタリー・サロートは、セミ・コロンにいたるまで篩《ふるい》にかける。「ああ、これは駄目。まるでロブ＝グリエみたいだわ」。ミシェル・レリスはどうかといえば、呆れるしかないほどの親切さから、当時私の住んでいたドイツから、二度私をパリに呼びつけた。「何頁も何頁もある（しかもまだ書きおえていない）ものを要約する仕方を、二言三言で説明するわけにはどうしてもいかないから」というのである。

苦悩に満ちた告白を、一言また一言と引き出さなければならないこともあれば（たとえばそのようにして引き出されたパトリック・モディアノの告白は、結果として大変興味深いものになっている）、いっかな尽きそうにもない相手の話に、用意したカセットを使い果してしまうこともあったが、やがて私自身、自分の仕事の方法を磨きはじめることになった。

訊問するために（つねにテープレコーダーを使って）、私は精神分析医になり変る。誰の場合にもつねに同じ最初の質問によって、まず地盤を探らなければならない。相手を位置づけるというのがその目的なのだが、いったん位置づけがすめば、あとは相手に主導権を引き渡す。方向を修正しなければならないことも時にはあるが。執筆自体に関していえば、できるだけ一語一語正確に録音テープから起したあとで、私は、登場人物になりきろうとする俳優のように、これは自分自身の仕事なのだという印象をもてるようになるまで、何度もテクストを読み返す（たとえばアラン・ロブ＝グリエ*の方法を理解するためには、文字通り偽装作戦をとる必要があった）。そのあとで、原稿を主題別に切り離し、さまざまな断片を、番号を打ったファイルに分類する。そして最後に残るのは、全体の再構成という仕事である。場合によっては、あらかじめ答がわかっていたらきっと訊ねたに違いないことを、あとから創ったりする。

理想的な方法、つまり作家の卵が誰でも一挙に傑作を、とまでは言わずとも、すくなくともベストセラーを書けるような方法——このアンケートをやってみて、私はそんな方法には出会わなかった。このアンケートが並外れて興味深かったのは、まさに、どのインタヴューも、そのまえのものとは全く違っていたからである。

何人かの作家の場合、執筆活動は、ほとんど物神崇拝的な儀式を伴っていた。ロラン・バルトは「筆記用具との、ほとんどマニヤックな関係」を告白している。そうするのが楽しいからという理由だけで万年筆を変える、とも。エルヴェ・バザンは彼の書斎を、何台かのタイプライター、ウォーキー・トーキー［小型トランシーバー］、カメラ、双眼鏡、場合によっては小説の舞台を撮影するためのパイヤール社製十六ミリ・カメラ、それにいくつかの条《くだ》りを音読してみるためのテープレコーダーなどがぎっしり詰った一種の工場に変えたという。

他の人々は逆に、仕事をできるだけ仰々しくないものにしようと努める。ナタリー・サロートは、自分の使うものが、どんな種類のマニアもあらわさないのでなければ安心できない。「書くということは恐ろしく真剣なことです。しかしとりわけそれが真剣な感じになってはならないのです」とレリスは言う。

仕事の時間割に関しては、時たまにという人もいれば（ジュリアン・グラック）、エクリチュール［écriture。筆跡・書き言葉・書く行為などを意味するフランス語］の役人（バルト）みたいな人もおり、修道士型（ギ・デ・カール）、朝型（サロート）、夜型（カバニス、モディアノ）などさまざまだが、なかには時を選ばずいつでも仕事ができるという人もいる。エルヴェ・バザンがそのひとりで、彼は一時、夫人を目覚めさせずに夜中でも書けるように、寝台の腰板に、鉛筆とメモ用紙を備えた特製スタンドを取りつけていたという。

執筆それ自体の領域については、厳密なプランの愛好者（エルヴェ・バザン、ギ・デ・カール）と、星明りを頼りに歩く達人（パトリック・モディアノ、ロベール・パンジェ）とが対立し、絶対の静寂の味方（ミシェル・ビュトール）もいれば、音楽を鳴らしながら仕事する人（レヴィ＝ストロース）もおり、さらには、ル・クレジオのように、騒音が能率を高めてくれるので、近くで工事でもあれば、鋲《びょう》打ちの大騒音を聞くためにわざわざ部屋の窓をあけるという人もいる。

仕事にとりかからざるをえなくなるたびに、ナタリー・サロートはスナック〔原著ではbistro〕に逃げ込む。アンドレ・ドーテルはベッドの奥に身をひそめる。アルフォンス・ブダールは人里離れた田舎の奥に引き籠る。マルセル・ジュアンドーは屋根裏部屋に上り（「自分のうえには空しかないように」）、フランソワーズ・マレ＝ジョリスは台所に陣取って、身の周りの家具を「満足と誇りさえ覚えながら眺める」。ロラン・バルトはどうかといえば、身馴れた仕事部屋の空間を構造的に再現できない限り《機能》しない……

何人かの作家にたいしては、なぜかわからないが、町それ自体が、善きにつけ悪しきにつけ、ある力を及ぼすように思われる。マンディアルグは、パリとヴェネツィアでしかよい仕事ができないと言っていたし、ル・クレジオはメキシコではものが書けなかったという。ジャック・ローランの場合、リマでは全然だめ、ハイチではすこしうまく行き、東京では最高の能率をあげることができたという。

奇妙なことに、このアンケートを進めるうちに、私の質問は、どこからみても正反対にみえる作家たちのなかに、思いがけない類似、いや類縁性さえひそんでいることを明らかにした。

構造主義的外見のもとに、ロブ＝グリエの方法は、さまざまな段階にあるいくつかの原稿を同時に書き進め、相互にずれはあるにせよ、同時に進行させるというものであるが、これは、文字や数字の飾り書きなどを除けば、ギ・デ・カールの方法と同じだと言えるのではあるまいか？

テープレコーダーに吹き込み、それを聞き直しながら推敲するというフィリップ・ソレルスの方法は、彼自身の指摘によれば、ジェイムズ・ジョイスが『フィネガンズ・ウェイク』を書いた時の技法だということだが、よく考えてみると、これはエルヴェ・バザンの方法に酷似しているのではあるまいか？

エレーヌ・シクスー、フランソワーズ・サガン、クリスチアーヌ・ロシュフォールのあいだには、自分の仕事について語るのに、肉体に関する語彙を用いるという、きわめて特殊な共通点が見出されはしないだろうか？（そこに、女性特有の書き方を擁護する論法を見てとらなければならなかったのだろうか？）「一冊の本というと、ちょっとメロドラマ的な感じがするけれど、とにかくそれは乳と血と神経と郷愁——つまりは人間存在から成っているんです」とフランソワーズ・サガンは断言する。「ものを書くことは肉体的ななにかであり、食べたりセックスしたりするのと同じように、生理的なプロセスのひとつだとさえ言えます」とクリスチアーヌ・ロシュフォールは言葉を続け、一方、エレーヌ・シクスーは自分のテクストを「自分のそばで形成されつつあるもうひとつの肉体」にたとえるのをやめない。

ようするに、一般に容認された分類が突然消滅してしまい、他の道筋が見えてくるのだ。《視線派》〔ロブ＝グリエの初期作が視覚的な客観描写を重視したことから同様の傾向を持つ作家・作品を指して当時使用された評語〕の真の代表は、『覗く人』の鷗《かもめ》も『ニューヨーク革命計画』に描写された地下鉄も、実は観察などしなかったと白状したロブ＝グリエではなく、むしろアンドレ・ドーテルのほうなのだ。彼は描写の対象を顕微鏡で仔細に観察することさえあるという。《視覚型》の作家たち――そのなかには、美術館から出てくれば、建物の正確な図面を描くことができ、各作品の位置を図示することもできるというビュトールや、小説の舞台として使えそうな場所を写真にとったり映画にとったりするエルヴェ・バザン、あるいは、映画作家がロケハンするように、外景をその場に赴いて見定めるモディアノなどが分類されるだろう――のそばに、《聴覚型》の範疇《はんちゅう》に属する作家たちの横顔が見えた――みずから《生きた録音機》と称するジュアンドー、仕事の九十パーセントは聞くことから成るというソレルス、あるいは、パンジェのように、言葉遣いそのものの導きにまかせる人々（「先を見越して予定を立てようなどとしたら、言葉が閉じこめられてしまいます」と彼は打ち明けた)、あるいは神話体系、象徴作用のメカニズムによって導かれる人々(ミシェル・トゥルニエ)など。
《文は人なり》という言葉が真実なら、ある作家の仕事の方法を通して表現されるのは、その作家の抱えている問題の総体なのだ。

その点、私のアンケートによって確認できたことのひとつは、誰ひとりとして同じやり方で仕事する人はいないのにたいして、すべての作家の告白を通して、《ライトモチーフ》のように繰返しあらわれる言葉があったということである。《胸を締めつけるような不安》がそれである。クリスチアーヌ・ロシュフォールが仕事にとりかかるたびに、《まるで籠城でもするみたいに》自分の周囲に建てようとする城塞、《出産間近な穴熊のように》ミシェル・トゥルニエが創ろうとする隠れ家、ノートに馬や小舟の絵を描きちらすフランソワーズ・サガンの、まるで狂気に襲われたような瞬間——そういったものはすべて、結局のところ、この不安に打ち克つための戦術にほかならない。

「自分が一群のインディアンにつきまとわれていると想像してみて下さい」とサガンは言った。「あなたの考えるたったひとつのことは、できるだけ早く、最初に見かけた木のかげにかくれることでしょう。それと同じく、仕事の方法も、ようするに緊急避難ないし戦術的退却の問題なんです。とにかくそれが創造の原動力になることは決してありません」。

不安定な、不確かな、つねに問題視され続ける退却。作家たちにおける仕事の方法の探求に踏み出して、私は、彼らもまたさまざまなやり方でそれを探求しているのを知った。彼らが書くのは、もしかしたら、まさしく、書いていない時には《醜く目もあてられない》のにたいして、書いている時には《恐ろしく、脅威に満ちている》とエレーヌ・シクスーが形容したあの悪から決定的に自分を守ってくれるような、理想的方法を見つけ出すためなのかもしれない。白い頁をまえにした時の不安、存在することの不安、それはようするに、形を変えた私たち自身の不安にほかならないのではあるまいか？

ひとつの国であれひとりの人間であれ、およそいっさいの探索は、自分自身の疑問にたいする答を他所に見つけようとする試みの口実でしかない。してみれば、私がこのアンケートに実際に取り組んだのも、結局のところ非常に興味深かった旅の終りに、振り出しに戻る、言いかえれば、いっさいの告白は嘘であり、「真の、どこにもない、形をもたぬ真実は、もっともしばしば矛盾しているものだ」というポール・ヴァレリーの醒めきった結論に戻るためでしかなかったのかもしれない。

そのことを告白したあるジャーナリストに、ある日ジャン・コクトーはこう言った――

「神秘が生じるのは告白のあとなのさ」。

そうかもしれない。しかし神秘がその顔を見せるためには、告白こそまさにその前提であり、告解はその方法なのではあるまいか？

＊アラン・ロブ＝グリエは、《ル・モンド》に掲載するまえ、彼自身完全に読み返したテクストを、数ヵ月、手許に置きたいと言い張った。《自分の言葉を書き直す》（ママ）ための暇が欲しいというのであった。結局、彼との対話を本書に収録することは諦めざるをえなかった。

インタヴューはいずれも「あなたは仕事の方法をおもちですか。あるとすればどんな方法ですか」という共通の設問への答からはじまっている。

ロラン・バルト

――筆記用具との、ほとんどマニヤックな関係

Roland Barthes

一九一五年生まれ。批評家、記号学者、社会学者。パリ大学高等学術研究所教授を経て一九七六年以降コレージュ・ド・フランス教授。一九五〇年代の初め、雑誌《民衆劇場》の編集に加わり、ブレヒト紹介につとめた。五三年、カミュの『異邦人』に触発され、文学的言語とその歴史的条件に関するマルクス主義的立場からの分析と省察を『零度のエクリチュール』にまとめ、《ヌーヴェル・クリティック》の宣言の書として注目された。文学史を重視し、《人と作品》の関連に重きを置く従来の大学批評に対する彼の批判は、パリ大学教授レーモン・ピカールとのラシーヌ論争によって一層明確となったが、彼の分析対象は文学作品に限らずモードからプロレスまで、もろもろの《日常生活の神話》に及ぶ。七三年の『テクストの快楽』や七七年の『恋愛のディスクール・断章』が示すように、この厳密な分析家の本質は、テクストから享楽を引き出す《エロスの人》と言えよう。＊一九八〇年死去。

仕事に関する省察をあなたがどういう水準に位置づけるか、すべてはそれにかかっています。方法論的見解いかん、というのであれば、そんなものはもっていません。逆に実際の仕事が問題なのであれば、私にも方法があることは明らかです。そして、作家ないし知識人が、自分の書くものについて、自分の《時間割《タイミング》》について、あるいは自分の仕事机について話すのは下らないという口実で、この問題は一種の検閲によってまさにタブーと見なされており、その限りにおいて、あなたの質問は私の興味を引きます。

多くの人々が一致して、ある問題をとるに足らぬものと判断する時、一般にそれは重要な問題だということなのです。無意味、それは真の意味作用の場なのです。そのことを忘れてはなりません、決して。だからこそ、ある作家が実際にどのように仕事するかを彼にたずねることは基本的に重要なことだと私には思えます。しかも、できるだけ物質的な水準——私としては最低のレヴェルと言いたいほどですが——に身を置いてそれをたずねる必要があるのです。それは反神話的行為をなすこと、つまり言語というものを、あいもかわらず、ある思想なり内面性なり情熱なり、その他あれやこれやの道具として呈示し、したがって文章《エクリチュール》をたんなる道具としての実践として呈示し続けているあの古ぼけた神話を覆すのに貢献することだからです。

われわれの文明にあってはひどく俗化され、とるに足らぬものとされる行為、たとえばものを書くという行為が、実は深く重い意味を担わされていることを理解するために辿るべき道は、いつもながら歴史がはっきりと私たちに示してくれます。書くというこの行為を歴史的文脈に、さらには人類学的文脈に置き直してみる時、それが長いあいだ一連の儀式にとりまかれていたことに気づきます。中国や日本の古代社会では、書くためにはそれなりの準備を整えるのが常でした。言いかえれば、ほとんど宗教的な苦行を経たのちでなければ筆をとらなかったのです。中世のキリスト教の僧院でも、写筆者は仕事にとりかかるまえ、まる一日瞑想したものです。

私個人としては、作品をあらかじめ決定するこれらの《戒律》（僧院的な意味での）全体を――というのも、仕事の時間、仕事の空間、書くという動作そのものなど、いくつかの座標を区別することが重要だからですが――仕事の《儀礼《プロトコール》》と呼んでいます。その語源は明らかで、この言葉は始めるまえに貼りつける最初の紙を意味します。

――ということは、あなた自身のお仕事が儀礼にとりまかれているという意味ですか？

バルト　ある意味ではそうです。書く動作をとりあげてみましょう。たとえば私は、筆記用具にたいしてほとんどマニヤックな関係をもっていると言えます。たんなる楽しみのために私はしばしばそれを変えます。新しい筆記用具も試してみます。そもそも私は万年筆を持ちすぎています。どうしたらいいかわからないほどです。どこに行っても、見かけると欲しくなって、買わずにはいられないのです。

サイン・ペンが市場にあらわれた時、私はこれを大変愛用しました（白状すると、それが日本製だったことも気に入ったのです）。しかし、その後あれには飽きました。というのもあまりにも早く太くなってしまうという欠点があったからです。ペンも使いました。固すぎてかすれがちな《セルジャン＝マジョール》ではなく、《ジップ》のようにもっと柔いペンです。とにかく全部使ってみました……ただし《ビック》印のボールペンを除いて。あれにはどうしても親しみがもてない。すこし意地悪かもしれませんが、《ビック》的文体があるとさえ言いたいほどです。つまり《小便コピー》とでもいえばいいのか、思考をただ書き写しただけの文章。

結局いつも私はインクを詰めたなつかしい万年筆に戻ってしまいます。本質的なのは、万年筆を使えば、私の絶対に固執するあの柔い書体が得られるということです。

――というのは、あなたは著作をすべて手でお書きになるからですか？

バルト　ことはそれほど単純ではありません。私に関しては、創造の過程で二つの段階を区別する必要があります。まず最初に、欲望が書くことへの衝動に配備され、書かれたものに到達する瞬間があります。次に、その手書きされたものが今度はタイプされたものに変り、無名かつ集団的な形で他人の手に渡される危機的な瞬間があります（しかもそれは商品に変るとも言わなければなりません。事実この段階ですでに商品化ははじまっているのです）。換言すれば、最初にまずテクスト全体をペンで書きますが、次にそれをタイプで打ちながら、すっかり書き直すのです（とはいっても私はタイプの打ち方を知らないので、二本指で、ということですが）。

　これまでのところ、最初にまず手で書き、次にタイプするというこの二つの段階は、私にとっていわば神聖なものでした。しかし今まさにそれを変えようと試みつつあることも言っておかなければなりません。

　最近、電動タイプを買ったのです。毎日三十分間私はタイプを練習しています。よりタイプ的なエクリチュールに改宗しようと思ってのことです。

　私にそう決心させたのは、まずなによりもある個人的な体験でした。いろいろやらなければならないことがあるので、時によって私はテクストをほかの人にタイプしてもらわざるをえませんでした（あまり気が進まないのですが、とにかくタイプに出すこともあったのです）。よく考えてみると、私はとても気詰りでした。煽動するつもりはまったくありませんが、それはある種の社会的関係の疎外を表現するものに思えたのです。つまり、エクリチュールはまさしく自由と欲望の領野に属するものなのに、タイピストというひとりの人間が、ある主人によって、ほとんど奴隷的といってもいいような仕事のなかに閉じこめられているように思えたのです。ようするに解決法はひとつしかない、と私は考えました。自分でタイプを覚えることです。この問題をフィリップ・ソレルスに話したところ、彼は、十分な速さでタイプを打てるようになると、タイプで直接書かれた文章がいかにしてそれなりの美しさをもつ一種独特な自発性を産み出すかを説明してくれました。

告白しますが、私の改宗は完全というには程遠いものです。いかにそれが過去に執着する個人主義的なやり方だとしても、いつかある日自分でペンで書くことを完全にやめられるかどうか疑ってさえいます。とにかく私はいまそういう状態にあるのです。正直なところ私は変質の試みをはじめたばかりなのです。しかしすでに私の偏見はすこし崩れはじめたと言えます。

——あなたは仕事する場所も同様に重要だとお考えですか?

バルト　ホテルの部屋では仕事ができません。ホテルそのものが気詰りなのではありません。雰囲気や装飾ではなく、空間の組織の問題なのです（私が構造主義者なのは、あるいは人が私をそう呼ぶのは、決してゆえなきことではありません！）。

私が機能しうるためには、普段自分が仕事する空間を構造的に再現できる必要があるのです。パリでは、私の仕事場は寝室に置かれています（毎日、朝の九時半から午後の一時まで。ものを書くのにまるで官吏のように規則正しいこの《時間割》は、連続した興奮状態を想定する不安定な《時間割》よりも私に向いています。また、寝室は、顔を洗ったり食事したりする部屋とは別です）。そのほかに音楽の場があり（私は毎日ほぼ決った時刻、つまり午後の二時半ごろピアノを弾きます）、何重にもカッコをつけてですが《絵画》の場があります（ほぼ一週間に一度、私は日曜画家の真似事をします。したがって絵具を塗りたくる場所がいるのです）。

田舎の別荘にも私はこれら三つの場を正確に再現しました。それらが同じ部屋のなかでなくともかまわないのです。重要なのは仕切りではなく、構造なのです。

しかしそれだけではありません。仕事のための空間自体が、さらにいくつかの機能的な《ミクロな場》にわかれていなければなりません。まず第一に机がいります（私は木机が好きです。私は木と仲がいいのです）。その横に、自分の仕事のさまざまな部分を並べておけるような、もうひとつのテーブルが必要です。それにタイプを置く場所、雑多な《思いつき》を書きとめたり、三日分の《ミクロ・プラン》や三ヵ月分の《マクロ・プラン》をのせておくための台机もいります（もっともそれらの予定表を見ることはありません。ただそこにあるだけで十分なのです）。最後に、形や大きさを厳密に統一した一連のカード類があります。つまり自分が普段使う紙の四分の一の大きさのカードです。ヨーロッパ全体の規模で紙の大きさを統一するということで、規格がすっかり変えられてしまった日まではすくなくともそうでした（これは共同市場［EEC。一九五七年発足の欧州経済共同体］から受けた打撃のひとつです）。幸いにも私は手のつけられぬ偏執狂だというわけではありません。さもなければ、私がものを書きはじめたころ、つまり二十五年まえからのカードを、ゼロから作り直さなければならなくなるところです。

――あなたは小説家ではなくエッセイストなわけですが、お仕事を準備するうえで文献調査はどんな割合を占めていますか？

バルト　私が好きなのは、該博な知識を駆使した仕事ではありません。私は図書館が嫌いです。図書館ではほとんど本が読めないと言ってもいいほどです。重要なのは後楯となるテクストとの、直接的な、現象学的な接触なのです。私はあらかじめ参考文献一覧を作ろうとはしません。問題のテクストを、かなり物神崇拝的なやり方で読むだけです。そして私を興奮させる力をもついくつかの箇所、いくつかの契機を書きとめます。それは単語であることさえあります。読み進むにつれて私は引用や思いつきをカードに書きつける。奇妙なことにそれがすでに文章のリズムを備えているので、その時点ですでに一種のエクリチュールとして存在しはじめるのです。

その後、もう一度読み直すことは絶対に必要不可欠というわけではありません。しかし逆に、ある種の参考文献にあらためて当ることはできます。なぜならその時にはすでに私は一種偏執狂的な状態に陥っているからです。自分の読むもののすべてが不可避的に自分のいまやっている仕事に結びつけられるだろうことを私は知っています。唯一の問題は、楽しみのために読むものが、書くために読んだものに干渉してくるのを避けることです。その解決法はきわめて単純です。前者——たとえばある古典的作品とか、とりわけ私の気に入っているヤコブソンの言語学に関する本とか——を、私は夜眠るまえにベッドで読むのです。ほかのものは（前衛のテクストもふくめて）、朝、机に向って読みます。そこには恣意的なものはいっさいありません。ベッドは無責任の家具であり、仕事机は責任の家具なのです。

——あなたの専門ともいうべきあの思いがけない比較対照を、あなたはどのようにして手に入れるのですか？　書きはじめるまえにプランをお立てになりますか？

バルト　対応関係はエクリチュールの問題ではなくテクスト分析の問題です。構造的反射反応というか、対立という形で事物を見る人々がいる一方、そういう反応を示さない人々もいる。それだけのことです。

　プランを立てるかどうかについては、ある時期、記号学をはじめたばかりのころには、プランの作成に時間をさいたことを認めます。その後、論文作成法を再検討する一連の運動がありました。大学における私の経験に照らしてみても、プランの神話、三段論法的、アリストテレス的論旨展開の神話が学生たちに及ぼした拘束は、抑圧的とまでは言わないとしても、きわめて圧迫的なものであることがわかりました（それは私たちがゼミナールでとりあげた問題のひとつでさえありました）。ようするに私は一種の冒険をふくむ切り抜きを選ぶことにしたのです（それを私は《小画《タブロータン》》と呼んでいます）。私の目的は、論理的論述を解体し、読者を不安から解放し、ある書物の《主題》という概念そのものをぐらつかせることによって、エクリチュールの批判的部分を強化することなのです。しかし注意していただきたいのは、私が自分のテクストを断章の形で産み出す傾向をますます強めているからといって、いっさいの拘束を諦めたわけではないということです。論理を偶然によって置き換える時、その偶然が今度は機械的なものにならないよう気を配らなければなりません。私個人としては、《禅》のある種の定義に従って《制御された偶発事》と呼びたいと思っている方法によって事を進めています。たとえば『サド、フーリエ、ロヨラ』のなかのサドを扱った第二部で、偶然が介入するのは、各断章にタイトルをつけるという、最初の構築作業が終ってからでしかないのです。『テクストの快楽』では、断章がアルファベット順に選ばれています。結局、一冊一冊の本が、それにふさわしい形の探求を強いるのです。

──これまで小説を書こうと思われたことは一度もありませんか？

バルト　小説を定義するのはその対象ではなく、謹厳な精神の放棄です。ある単語を消したり直したり、語呂や文彩に気を配ったり、新造語を見つけだしたりすることは、私にとって、美食家が味わうような言語の味わいであり、真に小説的な快楽に似たなにかです。

しかしものを書くことのなかで、私にもっとも強烈な快楽を与えてくれる二つの作業、それはまず第一に書きはじめることであり、次に書き終えることです。とどのつまり私が（とりあえず）非連続なエクリチュールを選んだのは、その快楽を自分でふやすためなのです。

（一九七三年九月二十七日）

アルフォンス・ブダール

――監獄や病院は不思議な現像液の役割を果す

Alphonse Boudard

一九二五年生まれ。七七年のルノード賞によって多くの読者を獲得したブダールは完全に自伝的な作家である。受賞作の『小さな幸福の戦士たち』（《小さな幸福の》という表現は、《でたらめな、あてずっぽうの》という意味で使われる言回しに近い）の裏表紙に、次のような要約がある――「一九二五年パリに生まれる。小学校卒。四一年、活字工場で見習工。四三―四五年、対独抵抗運動、従軍。四四―六二年、監獄と療養所、時おり自由な生活。六二年作家となる」。六二年の第一作は『わらじ虫の変貌』と題され、刑務所を出た男の物語であった。翌年の『さくらんぼ』から七二年の『病院』まで、彼は自分の過去を幾つかの時期に区切って語ることになる。受賞作は、幼年時代からパリ解放までを語っているが、神話に包まれた《対独抵抗運動》の裏面史であると同時に、いわば偶然の成行きで抵抗運動の側に加わった人間の自己探求ともなっている。＊二〇〇〇年死去。

私の仕事は監禁されている時のほうがはかどる。断っておくけれど、仕事が嫌いというわけじゃない。ある書物にいったんとりかかれば、それに自分を賭けます。最善を尽すべく努力する。しかしこれから書きはじめるという時には、ありとあらゆる理由を探して先にのばそうとします。移り気だとでも異常性格だとでも、その他なんとでも呼んで下さって結構ですが、実をいえば、私には仕事することが自然だとは全然思えないんですよ。自分の身の周りで起ることのほうが、紙のうえで起るはずのことよりはるかに興味深い。で、私はフランソワーズ・サガンみたいな幸運には恵まれていないので——彼女だってきっと怠け者なのにちがいないけれど、彼女だったら二年に一冊、百八十頁ほどのちょっとした本を書くだけで暮していける——霊感《アンスピラシオン》の訪れを待つなどという悠長なことはおよそしていられない（他の人たちの場合、それがどんなふうにして起るのか全然知らないけれど、私に霊感が湧くなどということは決してありません）。本を書こうと決心した時には、まわりに仲間がいては駄目だし、外からなにか頼まれるようなことがあっても駄目、とにかく自分が完全に自由でなければなりません。私の方法は、原則として、田舎に行って自分を閉じこめ、自分に強制して毎日何頁か書くことです。しかし思いがけない状況に立ち向う心の準備だけはいつも整えておかなければなりません。最近作『シノッシュ』を仕上げるのに、私はブルターニュの人里離れた一隅に引込む決心でいました。こう考えてたんです――「きっと雨になる。家のなかに閉じこめられるにちがいない。仕事にはもってこいだ」。ところがついていなくて素晴しい天気になっちまって。その時だけは彷徨趣味が私を助けてくれたんです。人っ子ひとりいない小さな浜辺を見つけましてね、そこで書いたんです。外で。風が強かったんで、毎朝洗濯ばさみを用意して行きました。原稿が吹き飛ばされないように。

――あまり快適だとは言えませんね。

ブダール　いや、物質的な条件なんて、全然気にしないんです。監獄でさえ私は書けたんですからね。あのなかで一番難しいのは仕事自体じゃない。おとなしくさえしていれば看守連中はこう考えるんです――「こいつは窓の鉄棒を削ったりなんかしていない」とね。つまりお構いなしというわけ。難しいのは原稿の持ち出しです。独房にノートを積み上げておいたりしたら、釈放の時に没収されてしまう怖れがある。一番いいのは、看守を買収して、包みをひそかに持ち出してもらうことです。囚人サナトリウムにいた時は、仕事するのにちょっと苦労しました。というのも、連中がラジオを持っていて、絶えずがんがん鳴らしていたから。そこで私は耳にキエス玉〔耳栓。キエスは製造会社名〕を詰めることにしました。あるいは、どうしても騒音がひどすぎる時には、比較的静かなところ、つまりシャワー室とWCの間に閉じこもるんです。『さくらんぼ』の冒頭はそんなふうにして書きました。つまりベンチに馬乗りにまたがって、時々水を流す音に揺られながら。あの本が一種独特な色合を帯びているのは、もしかしたらそのせいかもしれません。

そういうわけで、私は気難しくならない術を習得したのです。私の唯一の癖は――それはいかにもみみっちいやり方にみえるかもしれませんが、監獄にいて金もなく、紙を節約せざるをえなかったころからの癖なんですが――いつも原稿用紙の裏まで使うことです。付け加えるまでもないと思いますが、仕事机に向ってものを書くことはまずありません。たいていはベッドのなかで（これもサナトリウム時代の習慣ですが）、二つの枕のあいだにちぢこまって、膝のうえに厚紙の台を置き、小さな紙切れをまわりに並べて書くんです。それが楽じゃないなんて絶対に言わんで下さい。安楽さほど恐ろしいものはありません。それは人間を精神的にふやけさせます。それどころか、作家にとってはもっと恐ろしいことですが、人間を盲にしてしまいます。私のように三十三年間も法の外で生きてきたものは、一種とりわけ鋭敏な知覚力を身につけるものです。形はなんであれ、違法な暮しをしている連中を観察すれば、きっとそれがわかると思います。監獄で私は文盲の連中と知りあいました。特に頭が良いというわけでもないのに、連中は敵がどこにいるか、即座に嗅ぎつける。事物に対するその種のより鋭い知覚力を保持するために、いくつか不便な片隅をとっておくことが私には絶対に必要なんです。

――あなたの作品のなかで、現実と創作の占める割合はどんなものですか？

ブダール　これは逆説的にみえるかもしれませんが、もっとも奇想天外なことが、もっとも正真正銘の事実なんです。『病院』に登場する反ユダヤ主義者のアルメニア人フェロニアンの話、――彼はナチの宣伝映画でユダヤ人の役を演じざるをえなくなるんですが、彼の身の上に起ったことは、厳密に事実そのままなんです。『さくらんぼ』には、独房のなかで自分がバスを運転しているところなんだと思い込む人物が登場しますが、あれも事実そのままです。そんなことは思いつけるものじゃありません。彼は本当に気狂いだったんだろうか？　それともふりをしていただけなんだろうか？（監獄じゃそれを《気狂い《ダング》をぶつ》って言うんですがね）。話は変るけれど《神秘家《ミスティク》をぶつ》連中もいるんですよ。何年ものあいだ、聖書を読んだり、毎朝ミサを唱えたり……釈放されると僧院入り。しかし五日後にははじきをもって野放しというわけです。

監獄や病院は、作家にとって不思議な現像液の役割を果すんです。あるサナトリウムで、昔パリの清掃人夫をしていた男と知りあったことがあるんですが、そいつは節約した金を全部事務用品に注ぎ込んでいました。ある時は卓上用の紙鋏み、ある時は日付印や分類函。それがみんな豪勢なものばかりでね。暇さえあれば分類したり撰り分けたりしてるんですよ。ようするに自分ひとりで官僚ごっこをやってるんです。ところで私がもし娑婆《しゃば》でそいつに出会っていたら、箒を持って歩道を掃いていたにちがいない。ひょっとしたらタバコを紙に巻いていたりしてね。しかし大蔵大臣になることを夢みている清掃人夫となると、これは凄い。まるでマルセル・エーメの登場人物だ。

創作っていうのは、そういう原料に加える処理なんだな。私は自分の仕事を好んで漫画家の仕事にたとえる。病室に二十人の男がいる。なんとしても連中の存在を感じさせなければならない。しかし連中のなかで本当に興味深いのはせいぜい二、三人だ。そういう連中を個々に眺め、輪郭をはっきりさせ、彼らの機関車の役を果している大きな欠点を見つけ出すことに努めなければならない。逆に、私自身の役割についていえば、大原則は自分を決して前面に押し出さないことです。アンヌ・ユレ［作家。一九六〇年代、詐欺・窃盗等の軽犯罪で法的トラブルをくりかえしながら著作を発表。のち消息不明］の『牢獄で』をお読みになったでしょう。あの作者はひとつ間違いをおかしています。彼女は自分を例外的な存在だと考えているんです。彼女は自分が読書家であること、育ちのいい娘であること、自分の弁護士がフランソワ・ミッテランという名前をもっていることなどを微に入り細にわたって説明する……そんなふうにやっちゃ駄目なんですよ。監獄を観察するのに身を置く場所は二つしかない。上から見おろすか、下から見上げるか、どちらかなんです。同様に、病院の話が面白いのは、院長か看護夫が話した時だけです。私個人についていえば、エクリチュールの歩兵という役割はかなり気に入ってます。

――本を書き出すまえにメモをとりますか？

ブダール　紙切れや封筒の裏に、地口《じぐち》だのとりとめもないことを書きつけるたびに、私はそいつを失くしてしまうんです。そのほうがずっといい。時間をかけて濾過しなければならないんです（事件に直接密着しているジャーナリストと、一定の距離を必要とする小説家の違いは、まさにそこにあります）。

私が本を書きはじめるのは、決してあるひとつの主題についてではなく、もっと広くあるひとつの問題についてなのだということも言っておきたい。監獄とか病院とか……もし私が画家だったら、自分の描く絵の大きさははじめからわかっていると言いたいところです。カンバスに描くべきものを次々に提供してくれるのは、私の記憶なんです。たとえば『太陽のならず者』という映画のシナリオを書いていた時、主人公（ジャン・ギャバン）が、金庫の組合せ番号を聞き出すために、パントタール（麻酔剤）で金庫係りを眠りこませる場面を想像していたんですが、その時突然、病院で起ったある出来事を思い出したんです。隣り同士のひとりが診察から帰ってきて、すっかり度を失って私にこう言ったんです――「奴らは黒パン《パン・コンプレ》で俺を眠りこませるらしい」（パントタールという麻酔剤の名前の聞きちがえ。《トタール》と《コンプレ》は似たような意味にとれる）。私はすぐにその台詞を、ホールド・アップ〔強盗〕の様子を語る門番の女に言わせることにしました。私にはある挿話の効果を確かめるための実験台があるんです。つまりそれを仲間に話してきかせて、連中の反応をみるんです。

だからといって、ただ面白い話を寄せ集めればいいというもんじゃない。私の書く書物は構築されていなければならない（ある段階で、一種のプランというか、メモのようなものを紙切れに書きつけることさえあります。たとえば『シノッシュ』を書いた時、五月革命〔一九六八年五月、パリの学生運動を契機として労働者の大規模なゼネスト、民衆蜂起に発展した反対運動。政府の政策転換や翌年のド・ゴール大統領辞任につながり、当時の若者文化の象徴となった〕に一章、マジョルカへの旅に一章、スイスにもう一章……といったことを書きとめておきました）。つまり私は枝払いして均衡をとらなければならない。場合によってはXの特徴をYに与えたり、その逆にしたりします。たとえば『シノッシュ』のミロ・デ・ラフをとってみても、あれは二人の人間――ひとりは生きており、もうひとりは故人ですが――とにかく二人の人間から創り出された人物なんです。昔、二度の大戦のあいだの時代にならず者だった男で、八十になってまたぞろ若い連中と仕事をはじめた男なんです。《入れ墨のリトン》（『さくらんぼ』）はどうかといえば、ジョー・アティア〔一九四〇―七〇年代に活動した伝説的な犯罪者〕の特徴と（私は二ヵ月間彼と同じ監房にいました）《気狂いピエロ第二号》の特徴を兼ね備えています。戦後起った犯罪の英雄たちに、私はほとんど全部会っています。《サラダ籠》（四人護送車のこと）のなかだけだとしても。連中全部が多かれ少なかれ私のモデルなんです。しかしまだ生きている連中が、自分のことだとわからないように、私はいつも年代や名前を変えるんです。『シノッシュ』を出したあとで、自分のことが書かれたといって訴えたのが何人かいたけれど、正直言って驚きでしたね。そういう災難がふりかかったのははじめてだった。いつものように用心はしていたんですがね。もっともこれが『わらじ虫の変貌』の本当の人物たちだったら、事はもっとずっと深刻だったでしょうね。何人かは法廷でまったく違った説明をしたかもしれないから。しかしなにも起らなかった。もっとも問題の人物たちはパリの社交人士なんかじゃなくて、悪人どもでしたからね。

――ところで、あなたの作品には隠語がふんだんに出てきますが、あれは自然にああなるんですか？　普段の生活では皆と同じフランス語を話されるように思いますが？

ブダール　ああ、それは簡単ですよ。ようするに、皆と同じように、二つの言葉を使いわけるんです。隠語の世界ではね。最初は隠語と戦ったほどです。ぎっしり詰った犯罪記録を隠すように、私はそれを隠していたんです。文章といえるのは、私にとってアナトール・フランスかアンドレ・ジードでしてね。つまり私が感嘆するなにか、しかし美術館のようななにかなのです。私が自分の道を見つけたのは、隠語を使っても書けるんだということを発見した時なんですよ（その意味でセリーヌはひとつの啓示でした）。ですから、たまに隠語辞典をひくことがあるとしても、それはもっぱら綴り字を確かめるためです。

しかし、大事なのは単語自体ではないという点に注意していただきたい。隠語というのは秘密の、排他的な、人種差別的な言語なんです。ある単語が普通に使われるようになってしまえば、その世界の人間はもう使わない。バルザックやフランシス・カルコが作品のなかでやくざに喋らせる時、その男は隠語しか使わない。しかし、どうも本物とは思えないのは当然なんです。重要なのは隠語の動きないし流れそのものなんです。単語としての隠語を私がほんの時たましか使わないことはお気づきでしょう。隠語的なのは単語じゃなくて、全体の形なんです。

同様に、私がやくざやスターに喋らせる時、それらしい口調を使うのはほんの時たまです。『シノッシュ』に登場するスイス人が、いつも私を《アルファンス》と呼ぶのを覚えているでしょう。ヴォー地方［フランスに接するスイス南西部］の訛りのはっきりした言葉をひとつ混ぜこめば、それだけで書物の一部がすっかり染め上がる。一見簡単そうに見えますが、実は私の仕事のもっとも重要な部分はそういう言語領域でなされるんです。

――《書く楽しみ》とあなたが昔やっていたことを比べるとしたら、どちらがいいですか？

ブダール　それは私自身しばしば考えることです。私はなにをおいても自由が好きだから泥棒になった。しかしその自由の代償はいささか高すぎる。今では、早朝の一斉検索を恐れる必要もありません。しかし逆に収税吏の強迫観念に取り憑かれている。私が被告席に坐らされる危険はもうありません。それにしてもその後私は、それまで知らなかった無数の書類を知りました。社会保障とか退職年金とか……。私をやっと食料品屋の店から解放してくれるような、聞いたこともないような一発を夢みることもあります。ただ困るのはその一発を準備するのに、まず金をかけなければならない。つまり、またしても食料品屋に逆もどりというわけ。行き着く先は食料品屋か死か。いつでも同じことです。作家だろうがやくざだろうが。糞！　とは思うけれど、それをのがれる手立てはないんです。

（一九七五年四月十一日）

エルヴェ・バザン

——なにひとつ偶然にはまかせない

Hervé Bazin

一九一一年生まれ。アカデミー・フランセーズ会員ルネ・バザンを大伯父に、富裕な地主階級に生れたが、家庭内のいざこざや、両親の中国滞在などによって、その幼少期は不幸だった。いくつかの私立学校で退学処分を受け、健康を害して何度か療養生活を余儀なくされた。詩作に救いを求めたが、一九三四年ポール・ヴァレリーに散文への方向転換を勧められ、転々と職を変えながら、十年間に四篇の小説を書いた（未発表）。四七年、処女詩集『日』によってアポリネール賞を獲得し、翌四八年、自伝的色彩の濃厚な長篇小説『蝮《まむし》を手に』によって、一挙にリアリズム作家として認められる。四九年『壁にぶつけた頭』も前作同様、ブルジョワ家庭と社会全体への激しい憎しみを描いており、旧弊な地方生活の容赦ない描写によって話題を呼んだ。最近の作品は家族問題よりはむしろ社会問題を扱っているが、冷徹な観察眼と不正への怒りは強さを減じていない。＊一九九六年死去。

分類好きな何人かの批評家たちは（多くは一定の読者層をもつ——ということは死に値する罪ですが——一ダースほどの作家といっしょに）、私を新写実主義者という合切袋みたいな範疇に入れています。それはそれで結構です。侮辱されたなどとはちっとも思いません。私自身としては、かつてエミール・アンリオ〔作家。評論家。「ヌーヴォー・ロマン」の命名者〕が《超写実主義》[hyper-réalisme]と名付けたもののほうにより近いように感じていますが。《超写実主義》というのは、現実に依拠するとはいっても、どんな素朴な芸術観か知らないけれども、とにかくそれを満足させるために現実を再現しようなどという野心はまったくもたず、むしろ現実を、場合によっては必要に応じて特徴を強調しながら、告発と諷刺の基本要素として利用しようとするジャンルです。言葉を換えていえば、鏡が私たちの映像を保存するために作られているわけではなく、むしろそれを問題にするために存在するといった、《反映《レフレクシオン》と省察《レフレクシオン》の文学》なのです（「鏡がもう少し反省《レフレシール》してくれたらいいんだが」とすでにコクトーは言っていました）。

私の言わんとするところがおわかりなら、私のやり方も理解していただけるはずです。私は組織的な人間です。想像の世界に飛び込むために、私は大地に足を着けている必要があるんです。エクリチュールが一種の冒険であることは確かです。しかしその他のことに関しては、私は偶然を排除するのが好きなのです。私の書斎を見て下さい。そこではすべてが分類され、整頓され、機能的です。仕事机から手をのばせば届くところに、いわば技術的な書物をのせた《回転書棚》があります。語源、歴史、引用等々の辞典類です。右側の壁には古典の書棚。左の壁には、専門別に分類された批評ないし《参考書》の書棚。隣室の四方の壁面は現代のエッセーや小説でびっしり埋まっています。それに、四十年来、アルファベット順に整理した手紙類が戸棚に詰っている。文房具用の整理簞笥にはタイプライターが三台。キーの配列のちがう携帯用が二台——一台は私の秘書を勤めてくれる妻のため（彼女は一作分の原稿を三日でタイプしてくれます）、もう一台は私のため。三台目は書物の構想を練るために、キャリッジ〔紙を固定し、打鍵に連れて移動させる装置〕の大きいタイプ。いくつかの条りを《テスト》したり、会話の部分がものになるかどうかを確かめたりするためのテープレコーダー。そして最後に《至聖所》と呼ぶべきものがあります。鉄製の金庫で（それは絶対に不燃性のものでなければなりません）、中は画然と二つの部分にわかれています。ひとつは、原稿、新聞記事、私のいくつかの作品に関する博士論文、レコード、写真など、ようするに既刊の作品に関するもの。もうひとつはいずれ書くはずの作品に関する一件書類、計画、下書きなど（なかには、結局ものにならなかった作品もいくつか含まれています）。そのほか、忘れてならない機材としてはウォーキー・トーキー、写真機、パイヤール社の十六ミリ・カメラなど。いずれも、場合によっては小説の背景を写真にとったり映画に撮影したりするためのものです。

――つまり、あなたはご自分の小説の背景をその場に赴いて調べられるわけですね。

バザン　ひとつはっきりさせておきましょう。問題はア・プリオリに写実することではなく、想像を正確な現実に投錨させて、真実らしくすることが重要なのです。私のなかには三人の人間がいて、互いにリレーするのです。ジャーナリストと作家と技師です。最初に私は、家族問題、社会問題、あるいは『嘆きの至福者たち』で扱ったような《異議申し立て》の問題について、一般的な考えをもっています。それを例証するために、私は言うまでもなく、話の筋やさまざまな場面を想像しなければなりません。そういった場面を、読者の納得できるようなものにするために、現場に赴いて《偽のルポルタージュ》をやります。まさしく、映画監督があるシーンを撮影しておきながら結局あとでカットしてしまうことがあるのと同じように、かならずしも私はそれがなんの役に立つのかわかっているとは限りません。同時に私は《一件書類》を作り、調査が進むにつれて、それを補っていくようにします。『嘆きの至福者たち』の一件書類には、地図、地方新聞、行政機関の報告書（そのために私は一年間も、あの島の総督との会見を求め続けました！）、地震のためトリスタン・ダ・クーニャ島〔南大西洋に位置するイギリス領の島〕から追い出された住民たちとのインタヴュー、彼らひとりひとりの記録カードなどが含まれていました。この本を準備するために、私は必要不可欠な旅行もしました。生命拾いした人たちのイギリス到着を語るだけなら、当時の文献を参照するだけで十分だったとも言えます。しかし彼らの見たものを自分自身の目で確かめるほうが好ましかったので、私はワイト島からサザンプトンまでフェリーに乗り、ハンブル川の河口の砂洲も精錬工場も造船所も、自分の目で見てきました。私が描写したものすべてを、私以前に登場人物たちが見ているのです。唯一のごまかしは――それがごまかしだとしての話ですが――私が彼らに成り変っているということです。『母の遺産』を書いた時は、商品名や正確な細部を求めて、女性用品の店や《プレナタル》（新生児用品の専門店）を漁って歩きました。『起き上って歩け』の時は、外傷性脊髄炎を選んだ友人の医師たちに相談しました。というのも若い女主人公のコンスタンスはこの病気の犠牲になるからです。私に言わせれば、いっさいのフィクションは信じられるものでなければならないのです。『火に油』（放火狂になる消防夫の話）の舞台となる村は、なにもかも作りものですが、そのあとで私はミシュラン社の地図のうえに平行四辺形を描き、現実に存在する道路にあわせて、サン＝ルーへの道を描きました。私は読者に罠を仕掛けるのが好きなんです。やはり『起き上って歩け』の例ですが、主人公は架空の人物なのに、その住いを実在の家に設定し、微に入り細にわたって描写したので、何人かの読者がその家に気づき、そこを訪ねて門番にコンスタンスのアパルトマンを見せて欲しいと頼んだそうですよ。ついでに言っておきますが、私はあらゆることに細心の注意を払います。プルーストのように、一度死んでしまった人物を、百頁先で生きかえらせるようなことはしたくないんです。

――書きはじめようと決心されるのは、どんな時ですか？

バザン　一件書類が完全に揃い、いずれ書く物語の順序に整理された時です。それには二、三年あるいはもっとかかることもあります。実を言うと、審理中の書類がいつも二十件ぐらいあるんです。そのなかのどれかが浮き上ってくるのを私は待っているわけです。いま現に、そういう可能性のあるものとして、『殉教した親たち』、『父親たちの反乱』、それからもうすこし先の展望としては、老人問題を扱った小説『鰐』をあげることができます。私が書きはじめようと決心するのは、実在にせよ架空にせよ、人物や場所が完全に身近に感じられるようになった時です。

　そうなったらまず手はじめに、世間との絆をいっさい断ち切ってしまいます。外部への協力に終止符を打ちます。入口の扉を閉めてしまい、電話の応対もいっさい妻まかせ、それから五ヵ月、十ヵ月、場合によって日数は変りますが、私はひたすらに書きまくります。抹消もしなければ、良いか悪いか考えもせずに。自分の手綱を放してしまうのです。机の右側には草稿の山、左側には『蝮を手に』（バザンの処女作）いらい使っているタイプライター。手で書きながら、ある条りで混乱したりすると、私はタイプで打ち直してすっきりさせます。そういう時に、一件書類を開けてみるなどということは問題になりません（それに私は記憶力がいいほうなので、書類の中身は覚えていますし、十章もの間隔をおいて使われた表現でも、繰返しにはすぐ気づきます）。この期間は、語り手がなんの拘束もなしに好きなことをやります。しかし、繰返し言っておきますが、外出はしないし、気晴しめいたこともいっさいやりません。ラジオもテレビも新聞も、いっさいなしです。休息といえばもっぱら読むこと――というよりは読み返すこと。サン＝シモンやマルローやヘミングウェイを……《火つけ役》ないし《感嘆による刺戟役》として。ようするになにものかに取り憑かれた状態に達する必要があるのです。とりわけ切らないこと、中断しないこと。さもないと書き継ぐことができなくなってしまいます。朝の八時から真夜中まで休みなしに仕事することさえあります。いやベッドのなかで仕事することさえあります。一時は、妻の目をさまさずに暗闇のなかでも書けるよう、特別なスタンドをとりつけ、鉛筆と紙をいつも用意していたことさえありました。これは厳しいやり方です。書き終ると、もとの身体に戻るのにふつう二週間かかります。

――そういう段階になって《技師《テクニシャン》》が動き出すのですね？

バザン　私は映画世代の人間ですからね、小説も映画のように場面を設定し、モンタージュするんです。強拍と弱拍の交代、現在と過去が交互にあらわれることが、いかに重要かつ有効であるかを私は知っています。登場人物が《突然《エクス・アブルプト》》導入されるのではなく、徐々に物語にとりこまれていかなくてはならぬことを私は知っています——というよりは感じています。自伝ないし実話（『嘆きの至福者たち』がその例ですが）から小説が引き出されている時には、《カメラを特権的な点に据えることによって》現実の時間経過と架空のそれを混ぜあわせる方法があるのです。それに文章がもたついてはいけません。視聴覚の発達したこの時代に、うんざりするような描写をやるわけにはいきません（その点、《ヌーヴォー・ロマン》は世紀を間違えています。読者＝観客の生理的な変化がわかっていないんです。あの際限のない《ラコンタージュ》（《語り raconter》と《数え直し recompter》を意味しうる新造語）は、まるでスクリプト・ガール〔映画制作現場の記録係〕の文学です）。部分は全体のために決定されるべきであり、描出と思考と顕著な特徴とをないまぜる必要があるのです。もたついたりぐずついたりしてはいけません。時折ならそれもいいでしょうが。小説の文章は車のようなものです。人々を連れていくには、ロー・ギアやバックはごく短くして、できるだけトップを使うべきです。

　失礼、ちょっと脱線しましたね……。草稿を書きおえると、準備した一件書類をもう一度開いてみて、なにも忘れていないかどうか確かめ、場合によっては、本物の具体的な細部のテクストを挿しはさんだりします。たとえば『嘆きの至福者たち』の一件書類に含まれていた役所の報告書を読み返してみて、トリスタン・ダ・クーニャの《総督府》の、イギリスの紋章のある便箋の頭書に注意を引かれました。私はただちにこの細部を利用して、小説のなかで行政官が地震のニュースをロンドンに知らせるために書く手紙を、より本物らしく見せるようにしました。

私はまた、準備期間中に、物語を豊かにすると思われる特徴や挿話を書きつけておいた手帳も調べてみます。そのあとで、一種の調整表を作ります。主要人物にせよ副人物にせよ、ひとりに一段割り当てます。各章における各人の重要性を表記します。不可欠な登場人物は星印、副次的な人物は×印、ほんのちょっとあらわれるだけなら点ひとつというふうに。それからまた私の小世界の時間経過や戸籍や系図も調べ直します。時制や調子も、場所も調べます。なるべく短く明快にするよう心がけます。ようするに私は組織一覧を作って、ある条りが緩慢すぎないかどうか、ある人物の描写がうまくいっているかどうかを確認するのです。確認とミキサージュの段階、均衡を探し求める段階と言ってもよいでしょう。それでも帳尻のあわないことがどんなにしばしばあるか神様がご存じです！

――処女作の『蝮を手に』（一九四八年）いらい、仕事の方法が改善されたとお思いですか？

バザン　自分が進歩しているかどうか、私にはわかりません。自分でできるように仕事しているだけのことで、なんの自負も抱いていません。とにかく私の方法は――それが方法と呼べるとしての話ですが――より意識的になったと思います。『蝮を手に』を《モデルなしに》書いたわけではないことは言うまでもありません。しかしあれが自叙伝だと言うのなら、ひとつじっくり話そうじゃありませんか。フランネルのチョッキを着込んだあのアトレイダイ［ギリシア神話に登場するミュケナイの王アトレウスの子たちの意］たちの物語では、個人的な要素はいずれも変貌させられていて、たとえばフォルコッシュ［主人公の少年をいじめる母親の仇名。folle（狂った）とcochonne（雌豚）から］を黒いマドンナにしました（実際にはせいぜい灰色というところでしたが）。私は彼女をかなり変えています（彼女に有利にと言ってもいいと思います）。原稿のなかにすでに符合一覧表があります。細かい点ですが面白いのは、いくつか確認しなかったことがあるんですね。たとえば末尾の二章には時間の順序からみて明らかな間違いがあります。また、ジャン・ルゾー［語り手の名前］が列車のなかで、自分の乗った車輛番号が素数かどうかを確かめようとして奇妙な計算をする条りがあります。フランス国有鉄道の従業員三人から手紙が来ましてね、「あなたの番号は贋だ。あれは馬を運ぶ貨車の番号だ」と言うんですね。もうこんな間違いはしないつもりですが、一方では《仕方ないさ！》とも言いたいですね。こんな問題を毎日扱っているわけじゃないんですから。書いている時は、緊張のほうが注意より強いんです。その二つを協合させようとすると、なにか矛盾が生じるんです。

（一九七一年一月八日）

原註——この対話のテクストは、一九七七年、エルヴェ・バザンによって見直された。

ミシェル・ビュトール

——人格の二重化の企て

Michel Butor

一九二六年生まれ。ヌーヴォー・ロマンの代表的作家のひとり。イギリス、ギリシア、エジプトなどで教壇に立つかたわら、『ミラノ通り』（一九五四）、『時間割』（五六）を発表、五七年の『心変わり』によってルノード賞を獲得。六〇年の『段階』までが《小説》の時代と言えようが、空間と時間の厳密な構造をふまえて、文化干渉という視点をつねに保つ彼の作品は、旧来の小説概念に深い変化を惹起した。『モビル』（六二）、『聖マルコの描写』（六三）、『毎秒六八一万リットルの水』（六五）は《描写》の時代の作品と言えよう。七五年に第一巻を発表した『夢の素材』は、言語とイメージによる無意識の世界の探索という新たな領域を聞いたもので、現在まで三巻刊行されている［のち五巻で完結］。文学のみならず絵画や音楽にも造詣が深く、『レペルトワール』四巻［のち五巻で完結］などの評論集も発表しているが、その特徴は《関連》と《構造》への絶えざる関心にあると言えよう。＊二〇一六年死去。

私としてはむしろ、仕事のやり方はいくつかあると言いたい。というのは、自分の書いているテクストのジャンルによって（とりわけ小説かエッセーかによって）やり方が違うからです。いずれにせよ問題は人格の二重化の試みなのです。エッセーの場合、私は、自分がいまそれについて書きつつあるテクストに取り憑かれなければなりません。私は一種の媒体にならなければならない。そしてそのテクストの著者が私という媒体を通して語りはじめるのです。私がその著者について語るのに成功する度合は、私の聞かせる声が、どれだけ私の声ではなく、その著者の声であるかによって決ります。

小説の場合は、私が創り出すのに成功すべき第二の人格は、《主人公》ないし話者のそれであればよく、たとえば『時間割』に見られるように物語はその周囲に組み立てられるわけですが、また『モビル』に見られるように、それは叙述的構造でもありえます。それは、この書物が日記ないし内的独白の手法で書かれたとした場合と正確に同じ形で私の心に取り憑いたと言えます。

――ご自分のなかにそういう《憑かれた状態》を醸し出すのに、あなたはどうなさるのですか？

ビュトール　ああ、それは絶対に予見できない冒険なのです。それは非常に緩慢な抱卵期であり、しかもあらゆる瞬間の生がそれと結びついているのです。この照応関係の網目というか、私の書物の構造を形作る一種の蜘蛛の巣が創り出されるためには、どんな犠牲を払っても外界からの妨害をいっさい避けなければなりません。

それゆえ、私のエッセーに関していえば、カードという伝統的な方法を徹底的に排除せざるをえませんでした。時としてこの方法によって、高く評価される著作をものした著者が何人かいることは私も認めるにやぶさかではありませんが、ただ、人のもちうる着想をそもそもの出発点から条件づけ、凝固させてしまう、したがって、私が憧れる読み方、つまりあるテクストの創造的解読とは両立しえないという重大な不都合があるのです。魚を描こうとして、まず手はじめに魚を水から取り出してしまう画家を想像してみて下さい。彼は綺麗な静物画を描くのに成功するかもしれませんが、私としてはやはりテーブルの上の魚より水の中の魚のほうが好ましいのです。

私の方法は、そのテクストに記憶の試煉を課することから成っています。したがって私は、たとえそれがすでに自分の知っているテクストであっても、まず最初に端から端まで読み通します。ノートはとらず（ある箇所が特に興味深いとわかった時には、ちょっと印をつけておきます。これはカードのような不都合を伴いません。というのもその印はその頁全体を読み直すことを余儀なくするからです）、他のものはなにも読まないようにします。ただし伝記的なデータは別で、例外的にその著者に関する批評作品をいくつか読むこともありますが、その場合には、そういうものを鵜《う》のみにしないよう細心に気を配ります。そのあと、はじめから終りまで読み返し、以下何度か同じことを繰返します。ついにはほとんどテクスト全体を暗記してしまい、引用がごく自然に出てくるので、たとえばゾラのある作品のある頁に青いドレスが出てくるとすると、私は即座にそれを他の本の他の青いドレスと結びつけることができるようになります。

　小説を書く場合はちょっと違います。というのも私が十分にわがものとしなければならないのは自分自身のテクストだからです。しかしこの場合にも私はノートはとりません。プランを立てることもありません。なにか困難が生じた時には、単純な図式によってそれを解決します（四角や三角を重ねあわせること、紙を積み重ねて作った三次元の構造、文字や数字の組合わせ、等々）。もっとも私が突然死んでしまったら、これらの図式は絶対になんの役にも立たないはずです。なぜなら実を言うとそれらは、それよりも遥かに複雑で、しかも私の頭のなかにしか見出せない構造に対応する部分的な断面図にすぎないからです。

こういう方法は確かな記憶力を必要とするとあなたは仰言《おっしゃ》るにちがいありません。たしかに私は記憶力、とりわけ視覚的な記憶力を欠いてはいません。ある美術館をはじめて訪れて、そこから出てきた時、その美術館の平面図と、それぞれの絵がかかっていた場所をすべて図に描くことができた時期さえありました。たまたま、ある絵が自分の考えていた場所にないことに気づいたりすると、正真正銘の目まいに襲われたものです。しかし自分の仕事に関していえば、必要なのは全く別の記憶力です。それは完全にまさにそこで賭けられた創出に向けられていると言わなければなりません。私は自分にとって必要なものしか記憶にとどめません。いずれにせよ、この方法は私にとって決定的な利点をもっています。つまり新しい疑問を絶えず次々に湧出させ、花と咲かせるということです。実を言うと、最初自分自身に提起していた問題が、決定稿にも見出されることはきわめて稀なのです（たんなる《印》が、より重要な他の問題を指示するものなので）。

――あなたに一冊の書物を着想させる疑問というのは、正確に言うとどんなものなのですか？

ビュトール　私が仕事するのは依頼を受けた時だけです。何ヵ月も、いや何年ものあいだ自分のなかで成熟してきたある作品とじっくり取り組んでみようと決心するためには、外部からの求めというか、あまりにも詰りすぎた私の生活のなかに、ぽっかり穴をあけるための口実が必要なのです。普通は、すべてがさまざまな状況の競合によってはじまります。『ディアベリのワルツによるルートヴィヒ・ファン・ベートーヴェンの三十三の変奏曲との対話』〔邦題『ディアベリ変奏曲との対話』〕の例をとってみましょう。一九七〇年のこと、作曲家のアンリ・プッスールが、リエージュの《九月の夜》という催しの一環として講演するよう私にもとめました。その年のテーマは《音楽の帝国ウィーン》ということになっていました。ようするに、ベートーヴェンの曲の演奏時間がほぼ五十分で、これではあまりにも短すぎるから、それを引きのばすのが目的だったのです。私は、適当な時に曲を中断しながら、ベートーヴェンの作品と対話することができるような、《コンサート＝講演》という形で話すのならという条件で、それを引受けました。そのようにして私は、ある作品の研究というのではなく、その作品をいわば素材として書かれた、もうひとつ別の作品ともいうべき一冊の書物を書くことになったのです。最初、その注文が、すでに私のなかに存在する好奇心に応えるものでなければならないのは言うまでもありません。時として二十年もまえから私の気にかかる作家たちがおり、私を魅了する場所があり、それらの作家や場所について、いつかなにか書くだろうことがわかっている。しかし物事は決して予想通りには行きません。ある場合には《きっかけ》が生じないのです。何年もまえから私は何度かエル・エスコリアル〔スペインの修道院〕を訪れているのですが、これまでのところ、あの場所は私に秘密を明かしてくれません。そこで私はまた次の旅の口実を待っているところです。ある時は、明確なあるひとつのものを探しに来たのに、まったく違うものを発見することもあります。それに、物事の展開はつねに長引く傾向があります。自分では最初、八頁ほどのちょっとした文章を書こう、それなら発表するのも容易だし、皆満足するだろう、と考えるのですが、結局は六ヵ月もかけて六十頁から八十頁にものぼるものを書きあげてしまい、それをどうしたらいいのか誰にもわからないというようなことになるのです。

とにかく慰めになるのは、一冊の書物をいったん書きあげると、私は自分の書いたことを完全に忘れてしまうということです。そういうわけで、私は同じ主題について無限に書き続けることができる。しかも、同じことを繰返すようなことは決してなく、逆に、ますます明確さを増す疑問に答える形で。

――しかし小説は依頼を受けて書くわけではないでしょうね。

ビュトール　もちろん、そんなことはありません。しかし私が小説を書いたのはもうずいぶんまえ、私の生活に今よりずっと時間的余裕があったころのことです。あのころは、ひとつの小説によって提起された疑問が次の小説を産み出すというふうでした。『心変わり』の例をとってみましょう。ひとつの都市を主人公とする『時間割』を書き進めていた時、私は「都市を二つにして小説を書くにはどうしたらいいか？」と考えたのです。その時はまだパリとローマを取り上げようとは決めていませんでした。しかし、すこし問題を掘り下げているうちに、どうしてもその二つの首都でなければならなくなったのです。パリとローマを結びつけるにはどうしたらいいか？　いろいろな方法を試みたあげく、あるひとつの旅のなかで、それ以前の旅を次々に語るという形に落着きました。この方法によれば、三角関係を基盤とする古典的なフランス小説のパロディーを試みると同時に、このような小説構造を、それよりも遥かに大規模な歴史構造と関連させることもできるはずだったからです。《物語》は、いくつかの問題を解決する手段として、他のことを語るための一方法として、最後に考え出されたにすぎません。

——書くという仕事自体は、いつはじまるのですか？

ビュトール　私が旅に出るためには、自分が行こうとしているその地域、まだ夜の闇に包まれているその地方の地図が、完全に頭に入っていなければなりません。小説についていえば、それは図式が完全に仕上げられた時です。エッセーの場合なら、何度も読み返し、読み直したあまりに、すべてが朦朧《もうろう》となり、もうなにも考えられなくなった時です。それは恐ろしく不安なものです。それで、自分がはまりこんでしまった窮地を脱するためには、もはや書きはじめるしか手はないということになります。幸い私は、辿るべき道の糸口をすぐに見つけ、大急ぎでその道を辿るのが普通です。そうすればあとは手繰られる毛糸の球のように、私のテクストはその歩みを続けさえすればいいのです。事実すべてはあたかも私が自分自身のテクストを読んでいるかのように、というよりは、執筆することが、すでに書きあげられた書物全体の推敲であるかのように事が運ばれます。

――というと、あなたはご自分の本をいつも一気に書くわけですか？

ビュトール　いやいや、それどころか私と同じだけ反古《ほご》を作るのは難しいだろうと思いますよ。筆の走りにまかせて書く作家たちもいれば、一行一行書き直していくけれども、一頁書きあげてしまえばもう手を入れない作家たちもいます。私個人は、いずれ書き直せるとわかっていないかぎり、一頁たりとも書けません。『ディアベリのワルツによるルートヴィヒ・ファン・ベートーヴェンの三十三の変奏曲との対話』の場合、作曲家との対話を可能にする決定的構造を見出すまえ、百も図式を作り変えなければなりませんでした。私の書物の多くの頁は、五十回タイプで打ち直されています。それに頁数を掛けてみれば、作り出される草稿がどれほどの量になるか、ほぼおわかりでしょう。私の仕事机の乱雑ぶりをわかっていただくために、想像していただきたいのですが、一作ごとに、推敲しながら書き直していく旧稿の山があり、すでに書き直された旧稿がひと山、まだ書き直されていない分が二百枚、書き直した分百枚、白紙がひと山、それに図式、地図、百貨店のカタログ、引用する著者たちの本……それが全部机に積み上げられているのです。しかし私が次から次に書き写していくとすれば、それは万事好調な印だといえます。百五十頁目でなにかを変えれば、七十五頁目でもなにかを変えざるをえなくなるのが普通で、つまり私は、自分の本を同時にあらゆる面から書いていることになります。そのうえ、私はほとんどいつも、何冊かの書物の仕事を同時に進めています。ひどく短い文章を書く場合でさえ、私はたちまち紙の山をまえにすることになるのがおわかりいただけると思いますが、それはまた私以外の人には絶対に不可解なものでもあるのです。

――そういう状態のなかで、いったいどうやって自分を見出すことができるのですか？

ビュトール　ある仕事から別の仕事への移行を助けるために、絶対に厳格な規律が必要です。まず第一に環境の問題があります。私は自分をとりまく雰囲気にとても敏感なのです。ある書物を準備している時には、始終他所にいる必要があるのにたいして、それを書く時はできるだけ中性化された環境が必要なのです。私の視線を引きとめるようなもののない、ほとんど真白な壁――自分のまえに絵が一枚かかっているだけで、私はもうなにもできなくなってしまいます。音楽ももちろん駄目ですし、本は手の届くところになければなりませんが、目についてはいけません。しかし、たとえそういった条件が全部揃っていても、私はある未知の環境に馴れるのにほぼ十日かかります。それに時間割の問題もあります。付随的な仕事のためを除けば、私は夜も朝も仕事をしないので、執筆にあてられる午後の四時間か五時間を最大限利用しなければなりません。ですから私はできるだけ規則正しい時間割を守ろうと努力しています。午前中は散歩します。これは非常に実り多いものです。昼食を早目にとり、カフェインぬきのコーヒーを一杯飲んだのち、一時半か二時ごろタイプのまえに坐ります（昔は最初手で書き、それからタイプで書き直していましたが、原稿を次々に何度も書き直すので、結局最初から直接タイプで打つようになりました。最近電動タイプさえ買ったほどです。自筆原稿の愛好者にはお気の毒ですが、そういう人たちは、もし私の手書きの文章が欲しければ、手紙を書いてくれさえすればよいわけです）。

毎日午後の時間割を維持するというのが私の夢なのですが、不幸にして私は時間に追いつめられた人間です。年をとるにしたがって、執筆にあてられる時間はあら革のように縮まっていきます。現在の私の時間割を見て下さい。週に二度ニース大学の講義に午後をあてなければなりません。子供たちのために一日、物質的・実際的用件の処理に一日、手紙の返事書きに二日、計算してみて下さい。私に残された時間がどれだけあるかおわかりでしょう。結局私は小犬のように夏の休暇を待ち焦《こが》れることになります。

――それでも本が書けるというのは、いったいどうすればできるのか不思議ですね。

ビュトール　自分でも不思議なんですよ。かつて、ドストエフスキーが午前中は『賭博者』を、午後は『罪と罰』を、というふうに同時に書き進めるのに成功したという話を聞いて、「なんたる頭脳！　なんたる組織力！　なんという仕事の能力！」と思ったことを思い出します。しかしもう何年もまえから私自身それとほぼ同じくらい恐ろしい条件のなかで仕事をしているのです。それでもとにかくなにかが産み出されたんだと思うしかありませんね。

（一九七一年六月十一日）

ジョゼ・カバニス

――私は時間に賭ける、それは卓越した小説家だから

José Cabanis

一九二二年生まれ。代々公証人を勤めるトゥールーズの古い家系に生れ、法律を修めた。戦後十年間弁護士として働き、現在は法律鑑定人と作家という二重の職業についている。一九六〇年『一日の幸福』によって批評家賞、六二年『時の地図』によって《フィガロ・リテレール》紙のプリュム・ドール（金のペン）賞、六六年には『トゥールーズの戦い』によってルノード賞、さらに七六年には全作品にたいしてアカデミー・フランセーズの文学大賞を授与された。数多くの自伝的作品を発表しているが、七六年の『深い年々』は、フィクションの仮面を捨てて《日記》の形をとっている。古典的な形の分析小説の作者として、その文体のみごとさは高く評価されているが、サン＝シモン、スタンダール、プルースト、モーリヤックなどに深い影響を受けた彼の作品は、矛盾と相剋に満ちた自己探求の書として、ある種の近代性をも備えている。

＊二〇〇〇年死去。

私の方法は、自分の生活条件にいささか支配されています。昼の時間をすっかり仕事にとられてしまうので（かつては弁護士、いまは法律鑑定人）、書く仕事は夜しかできません。小説にせよエッセーにせよ、私の書物はいずれも、睡眠時間を極度に削って、朝の二時か五時から夜明けまでのあいだに着想され、執筆されたものなのです。自分の書いたもの、すくなくとも想像的な文学の領域のなかで書いたものすべてが、何もかも歩みをとめた夜のあいだにはじめて着想されるような、閉された内的世界として呈示されるのはそのためです。

それともうひとつ、押しつけられたというのではなくとも、すくなくとも自分で受け容れた条件、しかも同様に本質的なもうひとつの条件があります。それは私がこれまでずっと地方生活を送った、言いかえればいわゆるパリ生活からは切り離されていたという事実です。

私の作品はそういう二重の孤独のなかから生れたものなので、歴史的エッセーにせよ、文学的エッセーにせよ、主観性の度合をますます強めていくことがわかりました。そのおかげで私はたんなる客観的博識を離れ、自分の書くものに個人的な情動性を盛り込むことができました。

――ということはつまり、あなたの場合、仕事の条件と書物の内容は非常に緊密に関連しあっているわけですね。

カバニス　すくなくとも、もし自分が文学とはなんのかかわりもない生活に巻きこまれていなかったら（というのも私の職業は自分で選んだわけではなく、これまで絶えずそれを嘆き続けてきたからですが）、自分の書くものが全然違っていたにちがいないとは言えると思います。

私の仕事場をとりあげてみましょう。長いあいだ私はトゥールーズの中心部、裁判所から百メートルほどのところに住んでいました。ある日私は、これからはずっと田舎に住もうと決心したのです。それは私が少年時代を過した家で、トゥールーズから十キロほどはなれています。木々、昼、夜、四季とのあの突然の接触は、私の作品にひとつの断絶を産み出しました。第一期の小説五篇（『思春期』、『評判の宿屋』、『ジュリエット』、『息子』、『理性結婚』）がいずれも、すこし暗い――というのも、トゥールーズという町は陽気ではありませんからね――都会生活を背景としていたのが、別の世界、より詩的な、より超然とした、より幸福な世界にとって変り、第二期の小説群の舞台となったのです（『一日の幸福』、『時の地図』、『夜の火』、『トゥールーズの戦い』、『スペインの庭』）。しかしどうしても仕事の方法について話さなければならないのでしょうか？　書くうえで、あるひとつの具体的なやり方を選びとらせるのは、むしろ一種の本能なのではないでしょうか？　トゥールーズ市内に住んでいたころは家が狭かったので、ごく小さな書斎で満足しなければなりませんでした。いまは逆にとても大きな家に住んでいて、だだっ広い部屋がいくつもあるので、どう使ったらいいのかわからないほどです。ところが私が仕事場として選んだのは、やっと見つけ出した唯一の小部屋なんです。天井が一段低くなっている昔の化粧部屋でしてね、それを仕事部屋に改装させたんです。論理に反していると思われるかもしれませんが、そういう小部屋に落着いたという事実や、夜の孤独と田舎の孤立のなかで仕事するという事実は、結局のところ、私の作品をひとつの総体として考えてみると、そこから浮び上ってくる、それ自体に閉された永遠の円環にふさわしいものなのではないでしょうか？

――あなたの作品のそういう円環構造は、最初からあなたがお選びになったものなのですか？

カバニス　それが全く違うんです。私が最初に書いたのは、非常に短い、完全に直線的なテクストで、若い青年と、結局は彼をお払い箱にしてしまう年上の女との恋物語でした。それをガリマール社に送ったんです。何週間も過ぎて行くあいだ、登場人物たちが相変らず私の頭のなかを駆けめぐり続けていました。それに他の人物たちもあらわれて彼らに合流しました。ようするに、私の送った文章が出版社に受け入れられたと知った時、十頁ほどの物語が三百頁の大冊（『思春期』）になり変っていたのです。それから、この最初の小説の登場人物ひとりひとりの運命を想像し続けずにいられなかったので、他の小説が次々に書かれたというわけです。

　しかしあらかじめ練り上げられていたものはなにひとつありません。プランを立てるということを私は決してやらないのです。私が小説を書いているころに心を配った唯一のことは、さまざまな登場人物の生年月日と履歴を一覧表に書き込むことでした。別の書物に同じ人物が登場した時、彼らの身の上に起った最後の事件について変な間違いを犯さないようにするためです。私の小説はすべて、そんなふうに、行き当りばったりに書き継がれていったのです。毎晩——というのも執筆は毎日の仕事でしたから、霊感が湧こうが湧くまいが、まえの晩に書いた原稿の最後の十頁を読み返したあと（それ以上ということは決してありません）、自分に強制してでもその続きを書くようにしていました。こういう技法につきまとう危険は、言うまでもなく、時としてはたと行き詰ってしまうということです。しかし、毎日新しい気持で出発できるという利点もあります。私の小説では事の成り行きが時に思いがけない進展を見せることがあるのはそのためですが、実をいえばそれは人生の不意打ちそのものでもあるのです。

　出発点に関していえば、それはいつも私を強く打ったものによって与えられました。自分が目撃した事実とか、実感した感動とか、出会った人間とか。『思春期』は私自身若かったころに経験したアヴァンチュールです。『評判の宿屋』の着想を得たのは、弁護士という職業柄、少年犯罪事件にかかわったときです。『息子』を書くきっかけになったのは父の死でした。作家にはいささか怪物的な側面があって、あらゆることを利用しようとするものですが、死ぬまでの四ヵ月間の父の言動を日々書きとめておいたのです。これにたいして母の死は、私の幼年時代と同時に人生の美しく詩的な側面（『一日の幸福』）をも再発見させてくれましたが、その衝撃はあまりにも辛かったので、母の死を実際に起った通りにあえて描写することができたのは、やっと次の小説『時の地図』においてでした。『トゥールーズの戦い』についていえば、小説自体のなかで語ったことが、正確にその発端となっています。第二期の最初の非常に短い三作（『一日の幸福』、『時の地図』、『夜の火』）を書きあげたあと、私はこう考えたんです――自分の本性を曲げてでも、第一期にやったように壮大な小説の壁画の創造に成功しなければならない、と。ところが全然うまくいきませんでした。しかし奇妙なのは、自分の夢みていた書物、登場人物がやたらに多く、王政復古〔一八一四～三〇〕後の過激派の復讐に焦点を合わせたその書物を、結局書きあげたのですが、それが私の『シャルル十世』で、つまりもはや小説ではなく一種の歴史書になってしまったということです。それが十年まえに私の想像していた『トゥールーズの戦い』だったのです。

そういうわけで、私の書くものはすべて、小説にせよエッセーにせよ、私以外の人の知らない微妙な対応によって結びつけられています。たとえば『サン＝シモン』は『時の地図』の冒頭の一句が三百頁にふくれ上ったものにほかなりません。それはこういう文章でした――「生と死のあいだに、ある間隔を置こうと決意したサン＝シモンのあの人物たちのことを私はしばしば考える」。

――あなたが小説のなかで描写なさる世界、とりわけトゥールーズのそれは、現実そのものの素猫であるように思われます。執筆の途中で、メモをたくさんおとりになるのですか？

カバニス　『トゥールーズの戦い』という表題を除けば、私の小説にはトゥールーズという地名が一度も出て来ないことをまずもって指摘しておきたい。この町の平面図についていえば、たった一度だけ――『時の地図』を書きはじめるまえのことでしたが――それを描いてみる必要があると思いました。

しかしそのもとになったのは現実のトポロジーではなく（私が小説に描いたのはひとで

型の町ですが、トゥールーズは誰もが知っているように、ガロンヌ河を中心に、ちょうど隠元豆のような形をしています）、十七世紀の人たちが人物や建物を小さく描き込んで楽しんだ《タンドルの地図》［十七世紀の作家マドレーヌ・ド・スキュデリに由来し、のちの作家に影響を与えた、架空の町の寓意図］なのです。私の仕事の仕方と、ゴンクール兄弟のそれとは全くなんの関係もありません。彼らはまず小説の主題を考え、それから弁当を肩にぶらさげて田舎に出かけ、現場でいろいろと情報を仕入れたのです。

私がメモをとることがあるとすれば、それはさまざまな着想や小説技法に関するメモでした。いくつかの事実をたがいに絡みあわせるにはどうしたらいいか？　いずれ主要人物として前面に押し出す予定の登場人物について、あらかじめ読者にその存在を知らせるにはどうすればよいか？　現実を観察し、メモをとるということは決してありません。ですから、私の小説の根に、実在の場所、事実、行動がつねに存在することは確かですが、私はそれらをそのたびに、私なりのやり方で処理し、調整するのです。同様に私の登場人物たちも（ジョゼフ、ジュリエット、オルタンス、ビーズ、オクターヴ伯父……）、何人かの実在人物を素材としたモザイクなのです。

自叙伝からフィクションへの移行はどうするかとおっしゃるんですか？　第二期の小説の話者の家を例としてとりあげてみましょう。部屋部屋の細部や庭の木々にいたるまで、それは田舎にある私自身の家です。ノレという名前も変えようとは思いませんでした。しかし、現実には庭の端は生垣になっており、その向うは他の畠や牧場になっているのですが、私はそこに、乗り越えなければならない大きな壁と、その向うにひとつの館を想定し、サン＝シモンとベルナノスという二重の読書から着想を得て、トルシーと命名しました。

その館の唯一の住人、話者の人生であれほど大きな重要性をもつド・マルサン夫人は、法律鑑定という職業上の必要からあちこち旅行しているあいだに生れた人物なのです。私は現に書きつつある小説のことをあれこれ思いめぐらしながら、車を走らせるのが常なのですが、オーシュに着く直前、ちらりと見えるモンテスキューの美しい屋敷が私の注意を引いたのです。灰色がかった白の十八世紀風の正面、灰青色の小さな二本の塔と、もっと濃い色の鎧戸の見えるその正面はいかにも詩情を漂わせており、ふと心のなかにある女性のイメージが浮んできたのです。私はその女性に、この屋敷の実名であるマルサンという名前を与えました。そして彼女を、こちらのほうはかつて実在したことのないトルシーという館に移し変えたのです。

しかし、ド・マルサン夫人にせよガブリエルにせよ、他のどんな登場人物にせよ、読者がその顔を知ることは決してないでしょう。実際、私が小説のなかで喚起しようとしたのは、バルザックの《人間喜劇》にみられるような社会でもなければ、ひとつの物語でさえなく、ある種の詩情であり、沈黙であり、歌であり、夜の、ほとんどそれと知覚できないほど微かな音なのですから。

――夜のお仕事はどんなふうに進められるのですか？

カバニス　私はどちらかというと《点描主義者》に分類されるだろうと思うので、こんなことを言うと驚かれるかもしれませんが、自分の書くものはすべて、初稿も冒頭の文章も、はじめてのメモも、直接タイプで打つんです。事実、私は自分の書いたものにひどくがっかりするのが普通なので、途中で読み返しなどしようものなら、全部屑籠に抛《ほう》りこんでしまって、もう二度と問題にしないにちがいありません（若いころ、そんなふうにして私は何篇かの小説を破ってしまいました）。

読み返しというこの試煉をできるだけ先にのばすために、小説を書く時には、最初から最後の頁まで、加筆・訂正なしに、まずタイプで打ってしまいます。それから原稿の山をタイプの横に置き、よくないと思える部分が目につくたびに表現を変えながら、（やはりタイプで）全体を打ち直します。そういう作業を二度、三度、四度、五度と繰返し、それでやっと読み返す勇気がもてるようになるんです。

――あなたの小説作品は次第に短くなっていき、結局は全然書かれなくなってしまいました。これは怠惰のせいでしょうか、それとも無力のせいでしょうか。

カバニス　私の小説全体が、もっとも長いものからもっとも短いものまでふくめて、自分の気持のなかでは、同じひとつの書物を形作っているのです。ジルベールの従兄弟のドミニック、第一期に属する『息子』の話者の例をとってみましょう。彼は、第二期の小説の語り手の愛人であるガブリエルの夫にほかなりません。そもそも、ガブリエルはどこかで抽斗《ひきだし》のなかからある物語を見つけたと言っています（彼女はその物語を滑稽な、下らないものだと思っています）。ところでその物語が『息子』にほかならないのです。同様に、ガブリエルをめぐるさまざまな男たちのなかにジルベールという名前の男がいます。彼は『思春期』に登場するジルベールその人なのです。

　第一期の小説と第二期のそれとの違いは、前者が三十歳の時に書かれ、後者は四十歳の時に書かれたということです。同じ世界を別の目で見るようになったのは、私自身が年をとったせいです。変りばえのしない同じような小説を繰返し書くのを避けたいのなら、私は、今度もやはり、十年か十五年、時間を置かなければならなかったのです。

時間に賭けることにして（というのも、とどのつまり時間は卓越した小説家だからですが）、とりあえず私は他のことをやりはじめたんです。しかし、もし時間があったら、そしてもろもろの条件がととのったら、ドミニックを話者とする第三期の連作を完成するつもりです。第一期、第二期の登場人物が全部そこにも登場するはずですが、彼らはまた別の目で、その時に自分がなっているだろう私の目、もっと年老いて、死に近づいた私の目で見られるはずです。

（一九七六年五月二十八日）

ギ・デ・カール

——小説はラファイエット百貨店のようなものです

Guy des Cars

一九一一年生まれ。正真正銘の公爵を父に、チリ大統領の孫娘を母にもつフランスのベストセラー作家。一九三一年、ジャーナリストとしてデビューし、四一年の『無名の将校』が最初のベストセラーになった。これまで四十篇近い小説を発表しているが、その売行きの良さはほとんど社会現象と言うべきであろう。彼の小説はポケット版を除いても三十万部を突破するのが常で、《ギ・デ・ガール》つまり《駅売りのギ》などと綽名されるほどである。『不純な女』（四六）、『野獣』（五一）、『ごまかす女』（五七）、『売春婦』（五九）、『アフリカの血』（六三）等々、彼の多くの作品の題名が雄弁に語るように、女性を蔑視し、大衆の低俗な好みにおもねる術を心得ている。批評家によっては、凡俗なファシズムに加担する危険な作家といった厳しい評価を下している。＊一九九三年死去。

私は酒を飲みません。麻薬もやりません。人でなしでもありません。しかし自分の職業を愛しています。言いたいことが言えるんですから。ギ・デ・カールは小説家です。誰のおかげでそうなったか、申し上げましょうか？　ブルゴーニュ生れのばあやのおかげなんです。私はいつもアルシ＝シュール＝キュールにある彼女の墓に花を供えに行きます。

毎晩だだをこねる私を寝かせつけるために彼女は話をしてくれたんです。私は目を閉じないばかりでなく、いつも最後にこう言いました――「もうちょっと一緒にいて。僕のほうもなにか話をするから」。そして眠り込んだものです。

ところで、信じていただきたいんだが、私が避けたいと思ったのはまさにそれなんです。書いているうちに眠り込むなんて、小説家にとっては重大なことですからね！　自分の書く物語に自分自身の興味さえ引きつけられないのに、どうして読者の興味を引くことなどできましょう！

——ところでギ・デ・カールと署名された小説を作る秘訣はどんなものなんでしょう?

デ・カール　いつも言うことですが、小説というのはいささかラファイエット百貨店に似たところがあって、いつでも何かが起っていなければならない。

テルスター［アメリカの世界初の通信衛星。パリからのテレビ中継に成功］の時代には、ポール・ブールジェ［フランスの作家。一八五二—一九三五］の時代とは違って、ある風景やひとつの森を描写するのに十頁も使うわけにはいきません。私は絶えずいろいろなものを読み返します。たとえば『雨季来る』［アメリカの作家、ルイス・ブロムフィールド作］をとりあげてみましょう。とてもよくできた小説ですが、本当にはじまるのはやっと百頁目、エスケス卿夫人が到着してからです。私自身の公準は、ただちに話の筋にとびこまなければならないということです。『不純な女』を書いた時、三頁目ですでに、彼女は実に魅力的な女だけれども、癩病に冒されていることがわかります。ジュリアン・グラックのように、物語をひたすら待つことのうえに築きあげる作家もいるなどという話はしないで下さい。私としてはセネカの言葉をもって答としたいと思います。「幸福の価値は、それを享受している時ではなく、失ってはじめて感じとれるものだ」。

いったんはじまったら、問題は読者を飽きさせないことです。さわりの部分に注意しなければなりません。それは話の筋にとって、絶対に必要なものでなければなりません。さもないと読者は何行かとばしてしまうおそれがあります。私のコツのひとつは、主役の知らない秘密を読者にばらしてしまうことです。たとえばデュポン夫人に愛人がいると仮定しましょう。それを知らないデュポン氏がドアを開ける。すると読者はこう考えます――「これからなにが起るか、私にはわかっている」。しかしそこで読者が予見したこととは正反対のことが起らなければならないんです。つねに。ようするに《ギニョル》［諷刺人形劇］ですよ。

それから、たとえ肉体的な意味でも、読者を疲れさせることは避けなければならない。本を開いて、行替えもなしに何頁も続くのをみると、私はいささか恐ろしくなってくるんです。私自身はどうするかといえば、物語の風通しをよくして、白い部分を多くします。そうすれば息詰るような感じもしないし、時間の経過を感じとることもできます。そのために私が創り出した一種のコツがあって、十年来、真似る人が多くなっています。私の登場人物が喋りはじめるたびに、改行するんです。そして話が変ったなどと読者が思わないように、コロンをたくさん使います……。読書には視覚的な側面も大切です。使われる活字自体が重要なんです。小説を発表するたびに、私はどんな活字を使うのか、見せてもらうことにしています。

私の原則は、読者が本を買いに本屋に行くだけで、それがすでに苦労なのだということです。ですから、そのうえ読むのに苦労するとすれば、それは作品が駄目だということなんです。読者には一種の快適さを与えなければならない。彼が求めているのは、読書の楽しみなんです。ですから読者にたいしては正直かつ誠実でなければなりません。読者を夢中にさせる術を知ってさえいればいいんです。そうすれば素晴しい景観に立ち会うことができます。地下鉄でも列車のなかでも、レストランで人を待っている時にも、彼らは読むことに完全に没頭しているので、もう他には彼らの関心を引くものがなにもない。雷が落ちても気づかないほどです。

――どうしたらそういう結果に到達できるんでしょう？

デ・カール　私はなによりもまず構築を重視します。机に向って書きさえすればいいんだという人たちもいますが、あれは冗談というものです。私はイエズス会の学校で教育を受けましたからね。そこで習ったのは、いつでもきちんとプランを立てなければならないこと、よく考えぬかれたことは明晰に表現されるということです。私はこれまでずっとその教えを守ってきました。

とてもきれいな文章を書く作家を私はたくさん知っています。ただ彼らは仕事するうえでちょっと不精なんです。惜しいことです。小説というのは息の長い仕事ですからね。言うべきことはたくさんあるし、ペンの動きは、しばしば、頭の動きより遅いものです。ですから、書き出すまえに、鋳型がきちんと締め上げられていなければなりません。

私の方法は、自分がなにを狙っているか、自分の書物の重さや釣合いがどんなものかを正確に把握しない限り、決して書き出さないことです。私はまず自分に自分の物語を語ってきかせることからはじめます。風呂のなかで、車のなかで、あるいは夜、葉巻をくゆらせながら。そして寝かせます。翌日それを繰返し、小説全体をよどみなく十五分で要約できるようになるまで、その操作を続けます。そのあと、これはひとつの義務として、書物のさまざまな部分を書きとめた、非常に簡単な最初のプランを作ります。それをしばらく寝かせておき、その間、別の小説の仕事をやります。それから各部分をひとつずつ取りあげて、肉付けしていきます。そういう経過を経てやっと最終プランができあがるわけですが、量からいうと四十頁ほどになることもあります。この最終プランは――そのことを私に指摘したのはルイ・アルマン［技術者。フランス国鉄総裁、欧州原子力共同体初代委員長などを歴任］ですが――まったく数学そのものです。なにもかも、段落や節にいたるまで番号が振られています。各部がそれぞれ十六ないし二十章から成っています。私は数の法則が好きで、たとえば二十頁目をとり出せば、二百八十頁目でなにが起るか正確にわかります。

『道化の城』の時は、次々にプランを七つ作りました（最終的に使われたのは、最初のプランの六十パーセント、残りの四十パーセントは、それぞれ二番目、三番目、五番目のプランから取られました）。そしてそう決めるのに四ヵ月かかりました。しかしいったん決めれば、あとはなにひとつ変えません。私の書物はできあがったも同様で、あとはただ書きさえすればいいのです。

――主題を選択するうえでも、あなたは読者の気に入ろうと考えますか？

デ・カール　まず自分のことを考えます。こう思うんです――「これが私にとって楽しくなかったら、他の人たちを喜ばせるはずがない」。

私の興味を引くのは、これまで一度も扱われたことのない主題です。たとえば、生れつき聾で唖で盲の男が犯罪の容疑をかけられる。それが『蕃人』の主題です。女神のように美しい女が破滅していく。それが『不純な女』です。『供給者』は人工授精を扱っています。私が今度書く『怪物たちの僧院』は蒙古症や遺伝梅毒の患者を扱う予定です。登場人物たちを生きさせ、愛させ、苦しませ、時には死なせることさえ、私は好きです。ただし、死者があまりふえてはいけません。探偵小説となると、けつまずくほど死体がごろごろしてますが、あれは安易な解決法と言うべきです。私の本では、各人がそれぞれ違った死に方をしなければなりません。

それで、時おり人は私にこう言います――「あなたはいつも病理学的な症例の話を書くんですね」。いや、その通り、白状しますが私はお伽話が好きなんです。どこにでもありそうな、まともなテーマなんて、うんざりです。いつかジャック・シャンセル［ジャーナリスト、作家］に言ったことがあるんですが、小説というのは私にとって、不幸を抱えた女王なんです。なにもかもうまくいっているのなら、王様も王子たちも美しく、大蔵大臣もちゃんとお金を集めてくれるのであれば、なにも言うことはないはずです。しかしもし女王が躄《いざり》だったら義肢が要る。そして義肢は登場人物にほかならないんです。一見突飛なことを取りあげて、それをいかにもありそうなことにする——私はそういうのが好きなんです。事実そうするのに成功していると思いますよ。こう思わない女はひとりもいないんです——「私にも起るかもしれないわ、『不純な女』のようにシャム猫の爪で引掻かれて、癩病にかかるというようなことが」。私は全く並外れた手紙を受取ります。人々がいろいろと私に相談してくるんです。しかも、書いてくることはすべて事実なんですからね。まさしく事実は小説より奇なりですよ。『供給者』の例をとってみても、アメリカにはいま現に百八十万人の人工授精児がいることをご存じですか。

——そういうふうに、いかにもありそうなことだと思わせるのには、どうなさるんですか？

デ・カール　読者が求めているのは、ひたすら説得されることなんですよ。それが難しければ難しいほど、ますます面白くなる。本質的なことは、彼らに明確かつ正確なものを与えることです。飛行機を飛ばせるとして、時刻表の辻褄があわなかったりしたら恨まれますからね。ですから、ある事を十行で書けるためには、それよりはるかに多くのことを知っていなければならない。

私はいつも綿密な調査からはじめることにしています。『供給者』の場合ですと、友人の整形外科医が、ある日私にこう言ったんです——「いいかい、僕が近く手術する男がいる。いかにも外泊しそうな顔をしているんだが、実は、《供給者》なんだ。君ならこの話に興味があるだろうと思ってね」。私は最初その男と長い時間をかけて話しあいました。そこでわかったのは、その男がルノーの幹部社員であること、それまで三千回射精したこと、値段は、週日、アルマの私立病院では一回三百フラン、土曜日、もっと庶民的なビヤンクールの病院だと百五十フランであること、そうやって稼いだ金で、彼はスペインに広大な私有地を買い入れていたこと、などです。自分は結婚している、希望者とのランデヴーをとりつけるのは妻だと彼が言った時、私は彼ら夫婦を夕食に招待しました。で、私が小説的な仕掛けを理解したのは、その奥方を見た時です。「奥さん、あなたはやきもちを焼いてますね。ご主人に裏切られるんではないかと、それがこわいんでしょう」と私は彼女に言いました。「ええ」という返事でした。それが原因だったんです。

　私の書物のあるものは、ほとんどなんでもないようなことから出発しています。『大きな世界』を書くきっかけになったのは、祖母のもっていた中国産の屏風でした。ある日マルセル・アシャール［劇作家、脚本家］が「ここに描かれたこの小さい人物たちは、いったいなにをしてるんだろうね」と私に尋ねたんです。

　私も不思議に思って、彼らの話を書こうと決心したんです。しかし書き出すまえに私はまず中国に行ってみました。上海とか広東とか……。『不純な女』の時は、フィジー諸島まで船で行きました。癩病患者を乗せた船に乗り込んで、彼らと一緒に三ヵ月暮してみたんです。

こういうふうに、一種の準備期間があって、その間、スポンジを水に浸すように、一連の文献に浸りきることによって、たっぷり材料を吸い込むんです。幸い私は象のような記憶力に恵まれています。『憎しみの大聖堂』（これは、ひとりの女と芸術家の創造活動との対立抗争の物語ですが）のために、フェルナン・プイヨン［建築家、小説家］がある晩餐の席で、黄金数の法則を詳しく説明してくれたことがありますが、私はいっさいメモをとりませんでした。

書き進めていく途中で、技術的な問題が起るたびに、必要な分量だけ、ほんのちょっとたらしさえすればいいんです。たっぷり披露してはいけません。文献をずらずら並べたてても読者をうんざりさせるだけですからね。書物を書きおえて、スポンジをしぼってみると、まだたっぷり四分の三は水分が残っています。不要だったから使わなかった分です。

――ほぼ一年に一冊というペースで小説をお書きになりますね。どうなさってるんですか？

デ・カール　それは規律の問題ですよ。書いている時は（いつも手で書きます。タイプの音を聞くと私はいらいらするので）、私はもうパリを離れず、食事は日に一回、車も使わなければ、週末の休みもとりません。一度、妹が病気になって——可哀そうに死んでしまいましたが——、その時は中断せざるをえませんでした。二ヵ月後、ふたたび取りかかろうとしましたが、全然駄目でした。

毎日私はアンリ四世時代の肘掛椅子に腰をおろし、十時半から六時まで仕事します。この椅子は、大革命の時に破壊されたデ・カール家の館の名残りなんです。そのあと顔を剃り、風呂を使い、一日中家に閉じこもっていたわけなので、仲間と出かけて気分を変えます。重要なのは、昼間やった仕事のことをうじうじ考えたりしないことです。とはいっても、次の本のことを考える妨げにはなりません。なぜなら私はいつも何冊かの仕事を同時に進めているからです。

——文章には大いに手を加えますか？

デ・カール　文体のための文体などというものを私は信じません。私がとりわけ努力するのは、自分の書物に一種の連続性を与えることです。週に二度、月曜と金曜の夕方、秘書がタイプしたものをもってきます。三十頁ほど、それぞれ三部。毎夕、風呂のまえに、最初のコピーを読み返し、手を入れます。横になるまえ、それが朝の二時だろうと三時だろうとお構いなしに、二通目のコピーをとり出し、最初の訂正をなお改善しながら引き写します。そして最後に、朝、書きはじめるまえに、三通目のコピーをとり出して、同じような推敲を続けます。私の書物にリズムがあるのは、そういう過程を経るからです。といって絶対にこだわってはいけません。『道化の城』を出版者に渡す前日、ちょっと気になる箇所が残っていました。しかし私は「完璧を求めすぎるといっさいが駄目になる」と考えました。そこで劇場に行き、俳優たちと軽い食事をして帰ったのですが、翌朝、ぴちぴちした鯉のように爽やかな気分で、八時半に、解決法を見つけました。

――あなたはご自分の成功はなんのせいだとお考えですか？

デ・カール　私は読者が好きです。私は読者にさからってではなく、読者のために仕事をしているのです。ようするに私にお釣りを返してくれるわけです。「私は自分のために書く」と断言してはばからない作家がいることは私も知っています。それもいいでしょう。しかしそれだったら原稿は抽斗にしまっておいて欲しいものです。

ある日、テレビに出た時、人が私にこう言いました。「ギ・デ・カールさん、あなたは人気作家です」。私はこう答えました。「不人気よりは人気があるほうがいいでしょう」――「だとすると、ひょっとしてあなたは読者のことを考えるというわけですか？」――「ええ、そうですよ」と私は答えました。「読者のことを考える作家がいるというのは幸いではありませんか」。

［年月日不明］

エレーヌ・シクスー

——書いていない時の私は死んだも同然です

Hélène Cixous

一九三七年生まれ。アルジェリアのオランに生れ、二十二歳で英語の教授資格を取り、ボルドーとパリで教壇に立った。一九六九年、ジェイムズ・ジョイスに関する膨大な論文で博士号を取得、パリ第八大学（ヴァンセンヌ）の英文学教授となった。同年発表した最初の小説『内部』でメディシス賞を受け、その後『第三の肉体』（七〇）、『始まり』（七〇）、『中和物』（七二）、『ラ』（七六）、『アンクスト』（七七）など、極めて旺盛な執筆活動を続けている。彼女の作品は「すべてはすでにずっとまえから言われてしまっていた」という認識から出発していると言える。したがって彼女にとって重要なのは《別様に言うこと》である。いきおいその文章は鋭く、大胆かつ激烈であり、時に夢幻的になる。女性解放運動の積極的な活動家でもあり、その作品はすべて肉の呻きと内心の叫びから成っていると言えよう。

方法——それは私にとってなんの意味もない言葉です。そんなものはありえないのです。なぜなら私の仕事は愛の関係に似たなにかなのですから。自分の書くテクストは私にとって欲望の対象なのです。そのテクストと私のあいだには昼と夜とを問わず絶えざる交流があるのです。それが紙のうえで生じるかどうかは重要ではありません。ある意味で私は四六時中そのテクストとともに生きているのです。私のなかにあって絶えず煮えたぎっているもの、感動、欲望、不安、そういったものを絶えず私はとりあげ、手を加えて、自分のそばで形成されつつあるもうひとつの肉体にそれを与えようとします。結局のところ私は自分自身の肉体でもって、他の肉体をひとつならず作っているかのようなのです。

——ひとつ確かなことがあります。あなたは多産な作家ですね。

シクスー　《多い》というこの言葉については言うべきことが多々あると思います。まず第一に、これは挿話的な視点からの話ですが、古典的な出版社が、いわば間接的な検閲操作をするという問題があります。つまり原稿を二年も三年も四年も寝せておくのです。そして突然、ブレーキをかけていたなにかが解かれる。すると人々は驚いてこう言う――またまたエレーヌ・シクスーの書物が二冊同時に出た。それに、とにかく一年は三百六十五日あるのです。ですから、たとえ一日に二頁だけとしても二百日書くとしたら何頁になるか計算してみて下さい……。私としてはあなたの質問を裏返しにして、こうお尋ねしたいところです。作家がものを書かない瞬間なんて、どうしてありうるのか？と。私にとって、書くことは息遣いであり呼吸であり、立ったり触れたり食べたりキスしたり歩いたりする欲求と同じくらい抗い難い必然なのです。書いていない時の私は死んだも同然です。

私の著作の量の多さという側面を強調するのは、男女両性間の敵対関係の、結果にほかなりません。女性の横溢は、決して《エコノム》éconhomme の気に入らないのです（エコノムはふつう économe と綴られ、倹約家、しまり屋ぐらいの意味だが、シクスーのこの éconhomme という綴りは、同音であるとはいえ、相当きわどい暗示を含んでいる。あえて訳せば《オマンコのない男》の意味にとれるからである）。彼にとってそれは、私が『ラ』のなかで《老いぼれ神》と呼んだものが女性にたいして与えた想像上の神話的存在形態とは、両立しえないように思えるのです。押しつめて言うと、《ひがみっぽい老いぼれ》は、自分自身のけちなつましさを勝手に投射して、私たちがその《剰余》を産み出せるのは、どこかが《足りない》からではないか、たとえば享楽の潜在力としての女らしさを犠牲にしてなのではないかなどと勘ぐるのです。そしてこんなことを言う――「彼女は沢山書く。しかし生きていない」。ところが、まさにそんなことはないんです！（以下、〔　〕内の部分はエレーヌ・シクスーが一九七七年十月に加筆したもの）〔ひとりの女性が、彼女を抑圧し、彼女に売淫させる古ぼけた資本主義的家父長制構造のなかに閉じこめられ、肉体も著書もそのなかに引き止められているかぎり、言いかえれば商品としてしか彼女を《認めようとしない》掟のなすがままになるかぎり、彼女は考えることも前進することも禁じられ、前代未聞のもの、未知なるもの、つまりは生命あるものを産み出すことを禁じられているのです。しかし私たちの生きている時代は、女性運動と、いっさいの象徴的構造の変化というその結果によって特徴づけられる時代なのです。

幸運なことに私は今後、《女性出版社》〔Éditions des femmes。一九七二年設立。シクスーは七四から七九年に八冊を出版〕というひとつの場で、自分の著作を刊行することができます。もともとそれは、去勢の場や不毛な経済の域外に設けられたものです。女性の執筆活動の実際を変えるための手段、したがって歴史のなかの女性であるための現実的手段を女性に与える絶対的に異質な場なのです。書くことは、ナルシスト的・個人主義的な営為であることをついにやめることができるのです。欠落した現実を補完するとか、ユートピア談議で欠落を隠蔽するものであることをやめて、書くこと、出版すること、新しい思考形態を練りあげること、産み出すこと、欲望においても現実においても女であること、そういった営為がはじめて生きた相互関係を結ぶことになる構造のなかで、ついにテクストは、政治的なものを避けることなく、みずからを考える生産としての位置を占めることができるのです。エクリチュールのステータスを変えること――《女性出版社》はそれを可能にすると同時に必然ともしたのです。」

――あなたはヴァンセンヌ（パリ第八大学）で女性のエクリチュールについて講じておられますね。あれはどういう意味なのですか？

シクスー　はっきり申し上げておきますが、私はなにも女性のエクリチュールを創り出そうとしているのではなく、これまでつねに禁じられてきたもの、つまり女性の効果をエクリチュールに盛り込もうとしているのです。私はいまもって探求の段階にあるのです。「一方では、権威を後楯とするテクスト生産への批判的解読を出発点として。私はそういう解読を想像世界の構造の水準にまで導こうと試みています。エクリチュールはそれ自体の諸矛盾を考えることを避け、現実から逃避してその紙の家に閉じこもり、イデオロギーに奉仕し、意味よりは影響力のほうをより多く産み出しているというのが実状です。したがって、多くの場合、《作家》は（これは人を欺き不安に駆りたてる言葉であって、自分の書いたものを人に読ませることを目的とする人、自分の言うことを信じさせ、いかなる思想の名においてでもなく、ようするにあるイメージの名において掟を作り道徳的規範を作るのが当然と考えている人にこそあてはめられるべきものです）、象徴的権力を事実上倍加するのですが、私としては、ものを書く女性たちにその権力を攻撃して欲しいと思っているのです。

他方、私自身もまた、自分の実践上大いにかかわりのあるもろもろの矛盾を考慮に入れたうえで、エクリチュール―権力―女性―政治などの言葉のあいだに生じる諸関係の分析を出発点として。」

何年もまえから私はなにものかを作りあげ練りあげようと努めてきたのですが、いま私は、それが前進しはじめる地点に到達したように感じています。

エクリチュールに性の差異はあらわれないと言い張ることは、それをたんなる作りものと見なすことにほかなりません。それは肉体全体を通過するものだと認めれば、その瞬間からあなたは、それが消費と享楽という、完全に異質な様式に見られる欲動の存在形態の跡をとどめていることを認めざるをえなくなります。《内部》とか肉体的動作とか初原的な構造などに属するもののすべてに、女性がとりわけ近いところにいるからといって、なにも驚くことはありません。私たちは文化的見地からみて、つねに家庭という空間に押しこめられていただけに、なおのことそれは当然なのです。男性の話し方はつねに、ある目的に関連する計算の結果によって秩序づけられ、抑制され、抑圧されています。すべては男性が達成すべき明確な目的をもち、心のなかでこう考えているかのようになされるのです――「自分の意思で自由にできる手段を考慮すれば、私は自分の武器や貯えをまさにこのように管理し運営すべきなのだ」。男性はつねにナルシスト的な舞台のうえで、戦闘態勢ないし防衛態勢をとっています。女性はどうかといえば、大衆向けの心理学が、コケットリーという言葉で女性に帰属せしめるナルシシズムにもかかわらず（「人の気をそそりたかったら、美しくあれ」と言われると、女性は大急ぎで顔をしかめる）、男性にあってはあれほど決定的な、社会的評価にたいするあの欲求を女性はもたないのです。計算には無関心なのです。自分の無意識により近いと同時に、より不安にさいなまれてもいるが、しかしより勇気もあり、女性はエクリチュールをエロティックに享楽しようとします。女性とテクストとの関係はまさしくセックスのそれなのです。

女であることは、テクストのなかに、男性よりもはるかに大きな連続性の効果を産み出していることを付け加えておきたいと思います。現在女性たちによって書かれたテクストを読んで私が驚くのは、まさに並外れて強烈な、非常に息が長く《ねばり強い》展開の仕方になのです。まるで、水面に浮上して息を入れるのもごく稀で、長いあいだ水に潜っている能力を備えているかのようなのです。ですから当然これらのテクストは読者をひどく息切れさせることになります。しかし私に言わせれば、それは完全に、私自身、絶え間なく、しかもある点として決定できるような起源をもたない流出として感じる女性的快楽に結びついているのです。

どんなに奇妙にみえようとも、句読点が少なく息長く続く形のエクリチュールをもっとも遠く押し進めた作家は、私の知るかぎりジェイムズ・ジョイスです。結局それは、彼が女性に嫉妬し、絶えず女の肉体に、女の腹に耳を押しつけずにはいられない男だったからでしょうか？　確かなのは、彼のテクスト（とりわけ『フィネガンズ・ウェイク』）には非常に強力に女らしさが盛り込まれているということです。

〔しかしどんなふうにでしょうか？　猥褻と仮装のあいだで、ジョイスは彼自身の妻の《意識の流れ》を記録したのです。彼のテクストが彼の妻を生き写しにし、その生を書物に盛り込んでいるところでは、あらゆる女性が、曖昧にではありますが、自分の声が聞きとられている（しかしいわば盗み聞きされている）と同時に、利用され搾取されているようにも感じるのです。〕

しかしとりわけ、私が自分の道を見つけ出すうえで、ジョイスが手を貸してくれたなどという結論は下さないで下さい。博士論文のテーマとして『ユリシーズ』を選んだのは、自分が女であって、ジョイスが本当に《陽根》として受けとめられている大学では、女性によるいっさいの研究にたいする抵抗があるだろうことを知っていたからです。私はこう考えたのです——もっとも難解なテクスト、鼠どもが（ということは男どもがということですが）尻込みする山を選んでやろうと。そもそも問題は、むしろ、大学という砦を越えて、その彼方に広がる土地、テクストによって耕された土地に辿り着くことであり、そこで私は検閲者に出会いたくなかったのです。

──それにしてもあなたが仕事なさるうえで遵守する規則があるのではありませんか？

シクスー　私が守る唯一の規則、それは自分の無意識にたいして一歩も譲らないこと、情容赦しないことだけです。

最初私はいつも、自分の肉体というか内面生活というか、そういうものにたいして、秘密のように、ある程度の激しさをもって作用するなにかの問いかけに身を委ねます。それはまるで、精神分析学者たちが無意識と呼ぶ空間のなかに、私に問いかけることをやめないなにか奇妙で不安なものが存在しているかのようなのです。たとえば『ラ』のなかで、あるひとつの視線が私を魅縛するのはなぜでしょうか？　ある顔のなかで私の注意を引きとめるのはいったいなんなのでしょうか？　あるいは、私が現にいま書き進めている本のなかで（それは『アンクスト』（苦悩、不安を意味するドイツ語）という題になるはずですが）、最初からずっと私にとりついて離れないあの不安、まるで自分がいまにも死ぬかのように、突然私を立ち上らせるあの不安はいったいなんなのでしょうか？　それはなにから成っているのか？　どこで起っているのか？　私が自分に向ける質問、私に出発の合図を送ってくれる質問はそういうものなのです。とりわけ、あなたはどこに行くのかなどとは尋ねないで下さい。自分がどこに行くかなんて、全然わかりません。というより私は恐怖を感じる方向に向っていくのです。

窺ったり待伏せたりすることから成る一連の仕事があります。とはいっても挿話的な水準においてではありません。町なかで人々が口に出して言うことは監視され抑圧されています。私が耳を傾けようと努めるのは沈黙であり視線であり肉体が語る時の語り方です。私は禁じられたものについてしか仕事しないのです（私のテクストが難解なのはそのせいです）。

私にとって幸運なのは、仕事を進めているあいだ、私にはエクリチュールの伴侶があるということです。それは夢にほかなりません。事実私が一冊の本を書きはじめるやいなや、自動的に分岐回路ができるのです。私は夢みはじめ、夢とテクストのあいだで無限の交流が起るのです。それは苦悩と恐怖に満ちた側面をもっています（『アンクスト』を書きはじめた時、私は二ヵ月間に、ある型の死が登場する夢を二十回もみました）。しかし同時に、私はまるで二重の声をもっているかのようです。《話しなさい》と私に言う声、私のほうでも無理を承知でそれに応えようとする意識的な声がある一方、絶えず私につきまとう夜の声があるのです。重要なのは、これらの夢が燃えあがる瞬間に、そのすべてを書きとめることです。しかし、申し上げておきますがこれは決して容易なことではありません。「あとで思い出せるんだから眠ってもいいよ」とか、「なんという馬鹿げた夢だ。なんの興味もない」などと私に囁きかけるなにかがつねにあるのです。幸い、無意識の手管はわかっています。そこで私は荒っぽい方法を使うことにしています。いつも自分のそばに大きなノートを置いておき、眠りから自分を引き剝がして夢を全部書きとめるのです。いま現に書かれつつあるテクストが、そのテクスト自体に他の夢をも書き込んでいきます。こうしてすべてが私の肉体、無意識、物語、テクストのあいだを駆けめぐり、すべてが私のなかで混りあいます。私自身の血のように。

ある書物にとりかかる時、私は自分の周りに十冊ほど他のテクストを置いておきます（そのうちのいくつかは絶えず私の役に立ちます。さまざまな版の『聖書』、シェイクスピア、カフカ……）。他のものは必要に応じて介入します。というのも、仕事を続けているあいだ、一種の格闘とでも言えばいいのか、私は絶えずそれらの本に「そしてあなたは、裂け目をどう生きたのか？」と問いかけるからです。事実私はいつも、自分はひとりではない、自分は他の人々の名において他者にあてて書いているのだという気がしてならないのです。それは一方において私の他の過去たち、記憶と教養に属する過去たちとの、他方において現在および未来に私の愛する人々との一種の対話のようなもので、私はその人たちといっしょにある喜び、ある苦しみ、ある力を理解したいと思うのです。

書くこと、それはつねに言語のなかの緊張であり、戦いなのです。テクストの種類によってそれぞれに異る一連の言語上の仕事があります。『中和物』と『部分』を書いているあいだ、私は限りなく語呂合わせ、文字合わせをしようとしていました。なぜなら問題は、ある主体とそれが語る言語、それを語る言語との関係を問い質すことだったからです。

『アンクスト』はどうかといえば、非常に細かく切分されたリズムに支えられています。その結果私はかなり短い単語から成る語彙を用いています。こうして、各作品がそれぞれの動きに適した一つないしいくつかの辞書や辞典を必要とすることになります。非常な重要性を帯びるにいたったものがひとつあります。沈黙です。なぜなら、書くことは私にとって地獄降りであり、その門は私の肉体にほかならないから。したがって、エクリチュールという、私のなかにあるその存在が旅を試みうるために、私の肉体はある外部から引き離されなければなりません。

　私個人の機能的理由から、私は朝非常に早く、五時か六時に仕事にとりかかり、外界が私にそれを禁止しに来るまで続けます（政治的活動のため、今年は私と夜明けの関係は時間的にずれました）。しかし仕事をしているあいだは、自分のヴィジョンにすっかりとらえられているので、まるで自分の仕事以外にはなにも存在しないかのようになってしまうのです。この地獄降りは十時間も続くことがあります。もう空腹も覚えず、自分の仕事を除けばすべてが止ってしまいます。時として私が浮上する時、たとえ文字で覆ったのが実はほんの一頁だけだとしても、それまで絶え間なく書き続けたような気がします。

　最初の本『神の名前』を書き了えた時、私は這って出て来ました。腕もなければ脚もなく、ただ舌だけが動いていました。『アンクスト』の冒頭の言葉を書く時、まるで橋が切って落され、飛び越えるにも飛び越えようのない深淵をまえにしたかのように、白い頁のまえで動くことができませんでした。同じ文章を二百回も書き直しましたが、次の文章に引き移ることが、肉体的に、どうしてもできませんでした。

――一冊の書物を書き了えた時、あなたはほっとしますか？

シクスー 全然そういう種類の言葉では考えません。だいいち、不安を追払うなどということが果してありうるものでしょうか？ それは別の顔をして戻ってくるだけです。書いても書かなくても、気分が悪いことに変りはないのですが、その気分の悪さが、書いていない時には醜く目もあてられないのにたいして、書いている時には恐ろしく、脅威に満ちていると言っておきましょう。

「いずれにせよ、私が書くのはあるひとつの目的のためではなく、つねに他のはじまりのためなのです。」

（一九七六年四月九日）

アンドレ・ドーテル

——私は彷徨する……夢と街と言葉のなかを……

André Dhôtel

一九〇〇年生まれ。小説、短篇集、エッセーなど、約五十冊もの作品を著している。五五年『決して辿り着けない国』〔邦題『遥かなる旅路』〕によってフェミナ賞を受けたほか、七四年にはアカデミー・フランセーズ大賞を、翌七五年には国民文学大賞を授与された。故郷アルデンヌへの愛着と、一見したところいかにも平穏無事だが実は謎と啓示に満ちた生活への情熱がこの小説の際立った特徴だが、それは彼の全作品についても言えるだろう。同郷の詩人ランボーに関する評論や伝記も著しているが、特に彼が好み、かつ群を抜く技倆を発揮しているのは、短篇小説においてである。その一つ一つが《外見の彼方》への沈潜であり、同時に苦悩と畏怖と驚嘆に満ちた人間存在へのアプローチである。彼にとって《文学》は日常的なものの限界を打ち破り、世界の敵意に打ち勝ち、この世の善と美をよりよく味わうための方法であり手段なのである。＊一九九一年死去。

私はテーブルに向ってものを書いたことが一度もありません。ましてや仕事机となるとなおのことです。あまりにも仰々しすぎるんです。そういうものは手紙を書く時のためにとっておきます。なによりもまず私が避けたいと思っているのは、きまりきったしきたりです。物事はごく自然に生じてこなければなりません。ものを書くのは午前中なので（もちろん、私は官吏ではないので毎日というわけではありませんが、しかしまあ規則的に）、結局私は仕事場としてベッドを選びました。これはあまりまじめなやり方には見えませんが、もし立往生するようなことがあったら——というのも、これは自分でも認めざるをえませんが、ものを書くことというのは、いつまでたっても自信のもてるものではありませんから——霧のなかで道を探すのにも似て、ようするにできるようにやるしかないわけですが、そんな時には何もせずにいるのに極めて便利な場所だからです。

——ベッドのなかでなにをなさるんです？

ドーテル　仕事のもっとも大きな部分は、想像した地図のうえにひとつの道筋を描くことから成っています。地誌学があれほど大きな役割を果すとすれば、その理由の第一は、私がいろいろな物語を想像によって創り出すにしても、その出発点となるのはつねに実在の場所だからです。あとからそれをどこかに移動させるだけなんです。

　私は、シャルルヴィルの近くの、《決して辿り着けない国》の、森に囲まれた村に行ったことがあります。《世界の果ての家》というのは、かつてオーブ県で教えたことのある生徒のひとりの持家でした。他所ではなく、まさにその場所が私に押しつけられたのはなぜでしょうか？　そのわけはわかりません。それにひきかえ、私にわかっているのは、もしその場所が存在しなかったら、そもそも物語が生れなかったろうということです。数年まえのことですが、私はある奇妙な災難に襲われたことさえあります。私は海辺を舞台とするはずの小説（『生れ故郷』）の萌芽のようなものを書きはじめていたのですが、突然、ベルギーのナミュールの町が私の心にまとわりついて離れなくなってしまったんです。それはもうどうしようもありませんでした。ナミュールを舞台とする全く別の物語を書かなければなりませんでした。

　私はまた、登場人物たちの移動もかなり重要だと考えています。というのも私を導いてくれるのは彼らだからです。最初に私に見えてくるのはごく単純な細部、たとえばひとつのシルエット、ある橋を渡りつつある男のシルエットです。彼の帽子が風に飛ばされる。

その男は誰なのか？　どこから来たのか？　その橋のうえで彼はいったいなにをしているのか？　そういったことを知るために、私は彼のあとを追いかけはじめます。夜、眠れない時など、私はさまざまな仮説を立ててみます。結局、私の仕事の原動力の役を果しているのは、私自身の好奇心なのです。

　もちろん、私の小説ではほとんどいつもそういうことが起るように、登場人物の数がふえていくと、事は複雑に絡みあいはじめます。なにもかもこんぐらかってしまい、筋――といっても必然的にそれはいくつかあるわけですが、そういう複数の筋を決定的に見失ってしまいそうになる時があります。Xが、普通だったらWにいなければならない以上、ZでYに出会わないためにはどうしたらいいか？　話の筋の背景が、実在の場所の引き写しである時はまだいいのです。たとえば『世界の果ての家』のヴェルジェという町がそうで、実はあれはヴージェ［フランス北東部、アルデンヌ県の町］なんです。そういう場合なら、主人公がどんなふうにしてその町に到着するか、彼を迎える人々の宝石屋がどこにあるかといったことが私にはわかっていますから。しかし背景が架空のものである時には、その地形図を作っておかなければなりません。さもないと、登場人物たちの移動を監視する手立てがなくなってしまいますからね。たとえばいま現に書いている小説には、村と町と小川が出てきます。ところが、それでは辻褄があわないことに気づいたんです。村が町から離れすぎているんです。そこで私は村を町はずれに変えてしまいました。

――あなたの登場人物は、いつも旅に出ているような印象を与えます。あなた自身、大の旅行家なのですか？

ドーテル 《旅》という言葉はあまり好きではありません。それはあまりにも機能的であり、しかも《しきたり》を感じさせます。《放浪》という言葉のほうが好きです。事実私はかつてよく放浪しました。モーターバイクに乗って、フランスやスイスやイタリアを。今でもある町のなかをぶらぶら歩くことがあります。行きあたりばったりにある街路を選び、ただどこに出るか見きわめるために、別の通りを歩いていくのです。しかし本に役立てるつもりで旅行したことはこれまで一度もありません。調査という考え自体、私には全く無縁なのです。せいぜいあれこれの細部を確かめるために、現場に行ってみることがある程度です。

実を言うと私は自分のよく知っている土地についてしか書けません。生れ故郷のアルデンヌとか、長く住んだことのあるシャンパーニュとか。フランスの中部地方について語るのは、もう難しくなりはじめています。風景や道が完全に身近なものでなければならないだけではなく、どんな人々が住んでいるか、住人はどんな話し方をするかを知っている必要があるんです。ギリシアに住んだ時、そこを小説の舞台にするのに三年以上待たなければなりませんでした（登場人物たちについても同じことが言えます。私があれほどしばしば青少年を主人公にするのは、ようするに私がかつてリセ［高校］の教師だったからです）。事物に馴れ親しむだけでは足りないのであって、それらを本当に見るためにはその名前も知らなければならないとさえ言いたい。私自身に関していえば、植物学や昆虫学をかなりやりました。ある日、友人といっしょにプロヴァンのあたりを散歩したことがありますが、彼はアフリカ産の蝶の大の蒐集《しゅうしゅう》家でした。突然彼はうっとりした顔つきでたちどまり「これは驚いた！　この辺にも蝶がいるんだね！」。この鱗翅《りんし》類のフランスで見られる変種の名前を知らなかったために、それまで一度も彼の目にはとまらなかったんです。

――妖精物語を語るためにも、あなたは《視線派》顔まけの綿密な現実観察をなさいますね。

ドーテル　なにがなんでも現実と神秘を対立させようとするのはなぜでしょう？　私たちが個人的に知っている人々さえ、そのひとりひとりが大部分想像の産物ではないでしょうか？　そもそも私の場合、観察は意図的なものではないんです。分析したり研究したりしようとすることは決してありません。ただ発見しようとするだけです。しかし事物について私自身の抱いているヴィジョンが必然的にもっとも重要なものだとも考えていません。他の人たちが、同じものをどう見ているかも知りたいと思います。つまりそれは私のもっている田舎的な側面です。小さな村に好んで住んでいると、好奇心を燃す必要なんかないんです。あなたにかわって他の人たちが大いに好奇心を燃してくれますから。私は話好きではありませんが、大変な聞き好きなので、皆が私に話してくれるんです。もちろん、聞くためにもかなりの技術を要します。子供たちは極めて自然にそれを身につけているものです。ちょっとした抑揚とか、口や目のちょっとした動きのほうが、言葉そのものよりはるかに啓示的なことがよくあるんです。そういう手段によって発見できることがどれほどあるか、想像を絶すると言ってもいいほどです。

ですから、リアリズムとか《ヌーヴォー・ロマン》とか《視線派》とか、あらかじめ作りあげられた理論をもつ文学流派はすべて、事物のヴィジョンをひどく狭く限定してしまうものだと思います。もっとも私は実際にはフランスの小説をほとんど読みません。私が愛読するのは、ジャック・ロンドン、パナイト・イストラティ［ルーマニア出身のフランス語作家］、クヌート・ハムスン［ノルウェーの作家。一九二〇年ノーベル文学賞受賞。のちナチスを支持し、第二次大戦後批判を受ける］などです。

――文章のうえで、あなたの発見を伝えるのにどういう方法をおとりになるんですか？

ドーテル　それは、一九二八年いらい私の心を占め続けている問題に触れる質問です。つまり文学的職人の問題です。問題は、画家、彫刻家、音楽家など、具体的なものを素材として仕事できるという幸運に恵まれた人々とはちがって、小説家が使えるのは言語だけだというところにあります。ところで、言語というものは《芸術のための芸術》の立場に立つのでないかぎり、素材と見なすわけにはいかず、しかもその立場は、私がやろうとしていることとは正確に対極に位置しています。結局私は文学的職人芸の形が存在することを発見しました。《翻訳》です。ある言語で書かれたテクストを他の言語に置き換えるように、人々の感情や冒険の《翻訳》を試みてはなぜいけないんだろう、と私は考えたんです。この二つにあって重要なことはひとつしかありません。正確さです。既知の事実や条件を、そっくりそのまま、それらが立ち現われる通りに表現しなければなりません。たとえば一筋の道、話を交しながらその道を行く人々、牛の糞、人々の服装、声の調子等々。

ギリシアを舞台とした小説（『幸薄き土地』、『わが愛しき魂』）では、会話を最初ギリシア語のままで書き、そのうえで文字通りフランス語に翻訳するというようなことまでやっています。

ご覧のように、私のやり方はバルザックの逆なのです。私の書くものはリアリズム以上にリアルです。というのも、それは、あらかじめ立てられ、なされた意図、分析、構造などによっては支配されていないからです。しかしまた『ル・グラン・モーヌ』［アラン＝フルニエの小説］のような本の、ロマン主義的抒情の逆でもあります。なぜなら、ある冒険、ある人間、ある土地に熱中する時、屋根に登って大声でわめいたり余計なものを付け加えたりするのは、とりわけ慎重に避けるべきことであって、むしろ、それらをなおいっそう深く、よく知ることに努めるだけで満足すべきだからです。そうしてはじめて、時には一種の慧眼に達することができるのです。ほんの一瞬、なにかに気づくのです。それがなになのかはわかりません。とにかくなにかが見えるのです。

——あなたはミニュイ社からもカステルマン社からも本を出しておられますね。これほど徹底的に異質な出版社にそれぞれ文体を適応させるなどということがどうしてできるのですか？

ドーテル　私が書いたものを発表した場を全部数えあげたら、あなたは仰天されるでしょう。《リゼット》もあれば《ル・リベルテール》や《ラ・クロワ》、《リュマニテ》もあり、《ル・フィガロ》にまで書いているんですから。事実、あまりの多産さが恥かしくなることもありますが（毎朝五頁というペースで、小説一篇に平均三ヵ月。これまでいくつ書いたか正確には数えられないほどです）、自分の小説のあるものが《NRF》［新フランス評論］に掲載され、そのあとモード雑誌などに再録される時ほど嬉しいことはありません。実を言えばある限定された読者のために書くなどということはできないし、たとえば子供向きのジャンルとか大人しか読んではいけないジャンルとかは存在しえないと私は確信しているのですが、いま述べたことはそういう私の確信を裏づけてくれるからです。『決して辿り着けない国』は子供向きではない童話だと私に向って主張した人がいたことをご存じですか？　それはどういう意味なんでしょう？　子供たちはある種のやり方で世界を見ていると人は信じ込んでいます。しかし実はそれがどんな見方なのか、誰も知らない。神秘的な書物を作りあげようとすることも、子供のための本をでっちあげようとすることも、同様に空しい業なのです（もっとも後者の場合、情欲に関することとか感情的な絡みあいを度を越して複雑にすることは避けますが）。シュールレアリストたちがいつも口にする《魔術》などという言葉は、絶対に書いてはならないなにかなのです。ある書物が神秘的になるのは、もっとも予見しがたい瞬間にであって、神秘について語っている時ではないのです。

（一九七一年三月十二日）

マックス・ガロ

——書く楽しみのなかでもっとも本質的なもの、それは驚きです

Max Gallo

一九三二年生まれ。作家、ジャーナリスト、大学教授。歴史を専攻し、革命、暴動、独裁など、激動期を扱った労作が多い。『ムッソリーニの時代』（六四）、『マクシミリアン、ロベスピエール、あるいは孤独の歴史』（六八）、『フランコ時代のスペイン史』（六九）、『マフィア――その神話と現実』（七二）など。小説としては『勝者の行進』（七二）、『海への一歩』（七三）、『始祖鳥』（七四）、とりわけ『天使の入江』三部作（『天使の入江』七五、『祭りの広場』七六、『英国人の遊歩道』七六）がある。この三部作は十九世紀の末、イタリアから南仏に移住してきた一家族の生活と運命を現代まで辿ったもので、歴史学者らしく、二十世紀を襲った激動――二度の世界大戦、《狂った年々》、人民戦線など――を背景に、個人と歴史との絡みあいをみごとに描き出している。小説はすべて多かれ少なかれ《失われた時を求める》作業だとする彼は、歴史小説に新たな可能性を開いた。＊二〇一七年死去。

私の方法、それは強迫観念にとりつかれた状態に身を置くことです。これは信じていただきたいのですが、もっとも困難なのは、日常生活のさまざまな心配事という寄生虫を追い出すのに成功することではなく、いったん本を書きあげたあと、ふたたびそれに面と向うことのほうなのです。一冊の書物を書き了えると、ほっとするどころか、私は恐ろしい不安に胸を締めつけられます。それは宇宙の崩壊にも似たなにかです。一篇の小説の完成にまで辿り着くことは、私にはいつも奇蹟のように思えました。そして奇蹟とは、不確かさ、したがって不安にほかなりません。その繰返しに関して。それに一種の《欠落》感があり、人生が突然いっさいの彩りを失ったように感じるのです。

できることなら、次の書物に取りかかるのに二十四時間待つことさえしたくありません。しかしそういう時にはいつもゲラに手を入れる仕事があります。ようするに、気象用語でいえば、まえの書物の残骸に結びついた《停滞前線》が残るのです。

もしかしたら、結局、作家というものは、多かれ少なかれ意識的に、そういう不満な状態を自分で作り出すのであって、とどのつまり、それが次の書物に取りかかる原動力になるのかもしれません。

――はじめるまえから、次の本がどういうものになるか、おわかりですか？

ガロ　もっと別の知識形態の存在を想像することができます。私の場合、それはエクリチュールです。したがって、エクリチュールはただたんに、しかじかの主題をめぐる刺繍であるだけで満足するわけにはいきません。それ自体が、言説の論理によって次第に変化する主題なのです。

たとえば『天使の入江』をとりあげてみましょう。最初私の頭のなかに、ある考えがあったのは言うまでもありません。つまり二十世紀の人間ではない主人公たちの視角から、またこれまであまり探索されていないなにかを通じて、具体的には、もっとも広義の労働運動を通じて、二十世紀を語ることです。それは、多かれ少なかれ意識的かつ意志的に選びとられたものでした。しかし、もともと自分自身、非常に強い結びつきをもっていたこの主題について、私は長いあいだいろいろと考えました。というのも、私はニースで生れましたが遠い祖先はイタリア人ですし、歴史の専門家として、この時代に関する書物を何冊か書いたことがあったからです。ですから二十年の歳月をかけて集めた材料が手許にあったのです。

また、この本のなかで時間の経過を測るために、仕事の途中で一連のカード・システムを作らざるをえませんでした。とりわけ年代順を明らかにするためのもので、しかじかの登場人物が、しかじかの時点では五十歳なのか七十歳なのかが一目でわかるようにしたのです。しかしこういうプランの素描は、書き進めるうちに次第に変えられていきました。私の仕事は、潮の満干のような形で続けられます。たとえば、ある瞬間にしかじかの形でいくつかの言葉があらわれて場を占めたために、私はある対話を書くことになります。すると今度はその対話が、しかじかの登場人物を変えてしまう、といったふうなのです。ようするにひとつひとつの文章が決定的な性質を備えており、究極的にテクストは、前後関係によって縛られない限り存在しないとさえ言えると思います。冒頭の一句は、言うまでもなく決定的に重要です。

『天使の入江』（私は二年まえにも一度これを書こうと試みたのですが、成功しませんでした）が本当に生れたのは、「彼らは三人兄弟で、山のほうから来たのだった」という最初の文章が書かれた時でした。三つの運命と同時に、この本の調子を決定したのは、その書き出しの一句なのです。結局、この本の基本的な調子は、もともと口で語られた物語を書き言葉に翻訳したものと言えるでしょう。最初、この調子は私の意志とは全く無関係に生れたものなのですが、第二巻以降は完全に意識的にそれが選びとられています。

——あなたのお書きになる本の目次を見ますと、厳密なプランに基いて書かれているという印象を受けますが……

ガロ　白状しますが、私は物事が対称をなし、きちんと閉じられているのが好きなのです。おそらくそれは私の建築趣味から来ているのにちがいありません。ですから、自分の本のなかにある秩序を創り出せることを発見すると、大変嬉しいのです。

　しかしそれは、私がいつも、いわばあとから取り組む操作なのです。たとえば『英国人の遊歩道』を形作る三つの部分の主題を考えてみましょう。『天使の入江』が《ガリバルディ広場》、《共和国通り》、《ヴィクトワール大通り》など、街路を主題として書かれていたのと同様、『祭りの広場』は、お祭りを主題としています。《舞踏会》、《花火》、《仮装舞踏会》など。第一部と見なしていたものを書き了えたあと、私は《赤いカーネーション》という題名をふと思いつきました。ある章に出てくる文章から借りてきたものです。そこで私は次の二部をそれぞれ《白いコルソ》、《黒い春》と呼ぼうと決心したのです。

　書く楽しみのなかでもっとも本質的なもの、それは驚きです。それで、「次の章にはこれもあれも書き込まなければならない」と考えながらプランを立てるたびに、その理由がどんなに説得的に思えても、経験によって実証されたのは、自分があらかじめ決めたことを守ろうとすれば、問題の章が結局書けずに終るか、たとえ書けても出来が悪いということです。

「登場人物は作者にもとらえきれない」とはよく言われることですが、文から文へと次第に形作られ、肉付けされて、しまいにはもとの人物と逆のものになってしまうことがあるのは認めなければなりません。

たとえばヴィオレット・レヴェリは『天使の入江』の第一巻の終りでは全く影の薄い存在だったので、もしその時「次の巻の重要人物は誰です？」とたずねられたら、きっと私は、他のすべての登場人物のことは考えても、彼女だけは思い浮ばなかったろうと思います。またダンテ・レヴェリというのは、私の大好きな登場人物なのですが、やがて死ぬ運命にありました。「ダンテはしかじかの時に死ななければならない」と何度か書きつけさえしたはずです。しかしそれができなくて、奇妙なことに、彼のかわりに息子のほうを殺してしまいました。

『勝者の行進』についていえば、この本は自分のなかの、自分でも知らなかった部分を啓示してくれたと言ってもいいと思います。フランス人を父として、フランスで生れ、フランスの大学でおよそありとあらゆる試験を受けてきた私は、歴史を専攻しましたが、これは、もしこう言えるなら《国民を食べる》ようなもので、とにかくいつも自分は百パーセントフランス人なんだと思っていました。この小説の主人公としてイタリア人を選ぶことは、非常に合理的な無数の論拠によって説明できました。自分はいつも全体主義体制に関心を抱いていたとか、権力に非常に近いところにいながら、その倫理感から、権力との妥協を拒み続ける歯車としての登場人物の運命は、自分にとって非常に興味深く思われたとか……

ところが、この本を書き了えた時、突然私は、書き出した時に比べて、自分はフランス人だという意識が薄れていることに気づいたのです。今になってわかるのですが、歴史学の分野で書いた最初の本が、イタリアのファシズムに関するものだったということは、大学内部の理由を越えて（当時フランスにはこの問題を扱った本がありませんでした）、それよりもはるかに根深いなにかが私をつき動かしていたのです。私にとって問題は、イタリア生れの私の母を産み出した隣国の歴史を消化することだったのです。

――『天使の入江』のような本は、たしかに非常に綿密な文献調査を必要とするのでしょうね。

ガロ　そこでは歴史が絡んできます。一種の偏極作用によって、そういった瞬間には、およそ思いがけない書物が産み出されるものです。まるで文献が磁性を帯びたかのようなのです。それらの文献のなかには、当時の写真も含まれており、私はそれを、事物に彩りを与えるために利用しました。小説に写真を添えるなどということが普通なされないことは私も知っています。さまざまな文学賞の審査員のなかには、このやり方を非難した人も何人かいたようです。しかし私はこの方法に執着しています。私の文章の支えとしてではなく、現実を表現する二つの形式を対比させるためです。今年のニース書籍フェスティヴァルで、嬉しい驚きに出会いました。小柄な老人が私に会いに来たのです。『祭りの広場』に挿入した写真に自分が写っていたというのです。ところで――これは滑稽にみえるかもしれませんが――この見知らぬ人が、自分は歴史に値する人間だったのだと思ったという事実が、私には嬉しいんです。

『天使の入江』がニースであれほどの成功をおさめたのは、この町の人口の一部を占める移民の子孫たち、自分の祖先をよく知らない子孫たちが、私の書物の登場人物となっていることに突然気づいたからだということを付け加えておきたいと思います。

しかし「企業家のカルロ・レヴェリはX…だ、グスタフ・ホレンバッハはY…だ」といった話は聞きたくありません。そんなことはないんです。自分の知っている人、話に聞いたことのある人から、いくつかの特徴を借りてくることはあります。しかしある登場人物を明確な現実そのままに描くなどということは決してありません。

カレンベルクの場合をとってみましょう。かつてニースにはスタケルベルクという名前のロシアの大公が住んでいました。多少無政府主義がかった社会主義者で、レーニンの個人的な友人だった人です。彼が私の登場人物に与えたものは、いま述べたことに尽きます。つまり、《ベルク》で終る名前のロシア貴族がおり、労働者たちのあいだでよく知られ、ステッキを手に街路を歩きまわるのが好きだったということ。それだけです。カレンベルクの家族、彼の妹などは、完全に想像の産物です。

もっとも、ある種の場合には、作家のなかに一種の勘があるのだと言えるかもしれません。私はまさにエクリチュールの神話を破壊しようとしているだけなのですが、あなたは、私が奇蹟を称揚していると仰言《おっしゃ》るかもしれません。でも、『始祖鳥』を書いていた時、非常に奇妙な出来事に出会いました。

ある部族の魔術師が、戦士に秘伝を授けるために、若い女の死骸といっしょに、穴の奥に三日間彼らを閉じこめることを、この本の主人公が父親の蔵書のなかで発見する条りがあります。なぜ、どんなふうに私はそんな物語を思いついたのでしょうか？　私にはわかりません。とにかくその話は私が創ったのです。あるいは自分の創作だと思い込んでいました。しかし、しばらくたってなんとも驚くべきことが起ったのです。ルイ＝ヴァンサン・トマ［社会学者、人類学者］の『死の人類学』の書評をすることになって、小人族にはこれと同じ形の成人儀式があることを知ったのです。してみれば、ユングを援用しなければならないのでしょうか？　集団的無意識のなかにはあまりにも恒存的ないくつかのテーマが存在するので、私がそういう儀式を見つけ出したのは当然だと言わなければならないのでしょうか？


（一九七六年十月十五日）

ジュリアン・グラック

——仕事は一日に二時間

Julien Gracq

一九一〇年生まれ。パリ高等師範学校に学び教授資格を取得、一九三四年から最近までパリの高等中学で歴史を教えた。初期作品にはシュールレアリスムの影響が色濃く感じられるが、グループに属したことはなく、文学的流行や流派とはいっさい無縁なところで、孤独な創作活動を続けた。その作品がすべてジョゼ・コルティ書店から刊行されていることも、グラックという作家の《忠実さ》を傍証する。五一年『シルトの岸辺』に与えられたゴンクール賞を拒否して評判を呼んだが、作品としては『アルゴールの城にて』(三八)、『陰鬱な美青年』(四五)、『森のバルコニー』(五八)、『半島』(七〇)などの小説のほか、『大いなる自由』(詩集、四六)、『偏愛の文学』(評論、六一)などがある。彫琢された文体で、ひたすら《待つこと》を描き続ける。《人間と世界の葛藤》から夢幻的な詩を引き出す作家と言えよう。＊二〇〇七年死去。

私がものを書くのはあまりにも間歇的なので、仕事の方法など持ちようがありません。一年あるいはそれ以上も仕事をしないことが一度ならずあったのです。書く時も、規則正しく——決った時間に——仕事するとは言えません。ただ夕食後仕事することだけは避けます。決って不眠症に陥りますから。その日書いたものを自分の精神から追い払うのにひどく時間がかかるのです。ただ、物語ないし小説を書く場合には、仕事する日のあいだをあまりあけないように努めます。あいだをあけると、まえに書いたのと正確に同じ調子で物語を続けることがそれだけ難しくなるからです。実際には一日に二時間以上仕事することはありません。それ以上になると外に出て散歩せずにはいられなくなるのです。文章に細かく気を配らなければならない短いテクストを書いている時には、歩くことはしばしば、自分では必ずしも満足できなかった文章をほとんど機械的に練りあげるのに役立ちます。いわば篩《ふるい》分けの効果があるのです。散歩の終りに私の記憶に残っている文章——道すがら何度となく頭のなかでひねくり返した文章——は、しばしば死重をそぎ落されています。

散歩から帰って、その文章を、出かけるまえに書いたそれと比べてみて、時には適切な省略というか圧縮というか、一種の洗い落しがなされたことに気づくのです。
私にあるのはむしろいくつかの習慣であり、物質的な要求です。騒音のなかとか騒々しいところ、落着きのないところでは書けません。つまり外では決して書きません。人の往来があっては駄目なのです。閉じられた静かな部屋、孤独。窓、それもできれば田舎の、見晴しが良く、遠くまで見渡せる窓のまえでなければまず書けません。

——あなたはどんなふうにお書きになりますか？　お聞きしたいのは、あなたの原稿の一頁がどんなふうに立ち現われるかということですが。

グラック　あなたに隠さなければならないようなことはなにもありません。私はほとんどすべての人と同じように書く、つまり始めから始めて終りで終るのです。一度戯曲を書いた時に、唯一の例外が生じました。私はゆっくり時間をかけて、丹念に、いわば雪だるまを作るみたいに書いて行きます。文章は下書きされるやいなや、ほとんどつねに、擲置《てきち》［rejet。詩などにおいて意味のつながりのある一行を断ち切り次行に送る用法。あるいは送られた行頭の語］や挿入句を産み出し、そのために枝葉が生い茂って、やがては部分的に刈り込まなければならなくなるものです。私は削るのが下手なのです。ほとんどいつも、私はひとつの文章を練っているあいだ、次の文章の書き出しや断片を余白に書きつけるのが常です。それは一種の餌のようなものです。

――あなたは滅多にお書きになりませんね。作品に取りかかろう、一冊の本を書こうとあなたに決心させるものはなんなのでしょうか？

グラック　区別して考える必要があります。エッセーとか小論とか批評とかであれば、気にかかるとしてもたいしたことはありません。一度書きはじめさえすれば、いずれは書き了える、いつかは仕上げられることがわかっているからです。それはむしろ楽しいものです。その種の書物は、多くの場合、外部からの要請によって書かれたものです。序文とか叢書におさめられる一冊の本とか、とにかくある主題が提示される――それが私の気に入ったのです。散文詩と同様、短いテクストは私にとってもっとも心楽しく書けるものです。一日で書きあげられるので、よく眠れるからです。残念ながら、そういうものを書きたくなることがしばしばあるとは言えません。物語や小説となると、これはまた別様な冒険で、何ヵ月も、時には何年にもわたって、心の平静さと気楽さを抵当に入れることに同意するようなものです。それに取りかかると、いつも多かれ少なかれ気にかかるものですから。それに私の場合、仕事にはいつも一種の不安がつきまといます。物語が途中でつかえてしまうのではないか、完結にまで辿り着けないのではないかという恐れ。物語と小説とを問わず、私の作品には、すべてこの種の閉塞が起ったのですが、多くの場合それは全体の三分の二ぐらいのところでした。すると、四、五ヵ月書くのをやめなければならず、そのあとでやっと書き継ぎ書きあげるというふうでした。

一度など、どうしても書き継げなくなったこともあります。そうすると私にとってもうおしまいです。一冊の本を書いてしまうと、同じ主題を別の形でとりあげるということが私にはできないのです。ある書物が——失敗に終ったにせよ、最後まで書きあげられたにせよ——思い出、感動、イメージからなるあるひとつの領域を、突然干上らせてしまうのです。するとその領域はもうおしまいです。『森のバルコニー』を書くまえ、私は非常に生き生きした、非常に強烈な戦争の記憶をもっていましたが、今ではそれがより漠然としたものになっているのに気づきます。とりわけそれらの記憶が生気を失い、反響も延長もひき起さないのです。小説を書くと、人はそれだけ貧しくなる。ですから——すくなくとも私にとっては——軽々に事をはじめてはならないのです。本当に書きたい気持がなければなりません。ところで、私は滅多にそういう気持にならないことが自分でもわかっているのです。

——いま仰言《おっしゃ》ったことはむしろものを書くことへの嫌悪ですね。しかしなぜあなたは書きたいという欲求を覚えるのですか？

グラック　すでに申し上げたように、それはまったく間歇的なのです。それに、書こうとしているのが小説であれば、私は書きはじめるのを喜んで遅らせるだろうと思います。そういう場合にはむしろなにか他のことをする機会があればつねに歓迎されます。心を空っぽにしておくのが私は大好きなのです。しかしどうしても書きはじめなければならない瞬間がやってきます。おそらくそれはある着想や計画がよみがえり、執拗に姿をあらわすからなのでしょう。むしろ漠然としており、形をなしていないとさえ言えるのですが、ちょうど自分の目のまえに下り坂があらわれるのが見え、ブレーキなしでその坂を下りはじめるような感じなのです。うまく組み立てられた物語とかプロットとかに関して、私はひどく貧弱な想像力しかもっていません。そういう時に、いわば偶然によってある合図がなされ歯止めがはずされるだけで十分なのです。それはなんでも構わない。出会いでも散歩でも風景でも。

　しばしばそれは、他の書物から来ます。『シルトの岸辺』は『タタール人の砂漠』［イタリアの作家、ディーノ・ブッツァーティ作］に負うところがあるとしばしば言われましたが、そうではなくて（だいいち当時私はその作品を、知りませんでした）、プーシュキンの『大尉の娘』の冒頭になにものかを負っているのです。あの書き出しは大好きです。『森のバルコニー』についていえば、おそらくずっと以前から表現したいと思っていたなにかがあったのです。つまり《奇妙な戦争》の思い出、魂の、まったく特殊な季節はずれとでもいうべきものの思い出です。それからある日私はアルデンヌ地方を徒歩で長いあいだ歩きまわったのですが、その時の印象も強く残っています。しかし、きっかけになったのはアラゴンの『共産主義者たち』のなかの数行だったと思います。彼はそこでアルデンヌ地方の要塞のことを語っているのですが、私はその存在を知りませんでした。この本の歯車が嚙み合ったのはおそらくその時です。私が今もあの要塞のことを考えるのは、私にとってこのイメージは非常に単純な象徴というか、私に多くのことを語りかける意味深い凝縮物だったからです。つまり地下室には戦争、二階は平和というわけです。もっともそういったことすべてが、このうえなく気まぐれな、規則もなにもないようなことなのです。逆に、最初の本の場合、それを書きはじめる一時間まえには私は全くそんなことは考えてもいなかったと思います。実を言うとそれまで私はものを書こうなどと真剣に考えたことは一度もなかったのです。私はもう二十六歳でした。

――あなたはシュールレアリスムの影響を受けていますね。あなたのお書きになるもののなかで、夢はどんな役割を果すのでしょうか？

グラック　とるに足りません。面白い夢、記憶が後々まで残るような夢は滅多にみないのです。それに私はあまり観察が得手ではありません。散歩もしますし、あれこれ眺めたりもするのですが、植物や鳥の名前を知らないのです。ある場所にせよ人間にせよ、風景にせよ散歩にせよ、私に残されるのはつねに、むしろ非常に一体化された総合的印象なのです。風土、空間、照明、いわば非常に明確な音階の一種――もし書くとすれば、私が見出すことに努め、表現しようと努めるのはそれ以外のなにものでもありません。

――書くことは楽しいですか？

グラック　楽しいか楽しくないか、そう簡単には言えません。本当によくわからないのです。とにかく夢中になることは確かです。ですから書きはじめれば、楽しいか楽しくないかなどという問題は、もうほとんど起りません。楽しいのは、一応脱稿したのちに（私はいつでも手で書くのですが）、それを推敲しながら清書することです。一度ガストン・バシュラールとその楽しみのことを話したことがありますが、彼も同じ意見でした。

（一九七〇年五月十六日）

マルセル・ジュアンドー

——私は生きた録音機です

Marcel Jouhandeau

一八八八年生まれ。非常に敬虔な母と叔母の影響を受けて、最初司祭職を志したが、後に文学士となり、一九一二年から四九年まで、パリの私立学校でフランス語とラテン語を教えた。一四年、それまでに書きためていた初期作品を破棄したにもかかわらず、非常に多産な作家で、その著作は優に百冊を越える。彼の著作には三つのテーマがある。他者、自我、神である。三五年に発表され、三八年に補足された『夫の記録』は妻との苦渋に満ちた関係の、容赦ない、辛辣な、しかし常に明晰で鋭い分析である。幼少期を過した故郷ゲレの隣人や知人を登場させた『テオフィルの青春』（二一）、『パンサングラン家の人々』（二四）、『ゴドー氏』の連作（二六、三三）等は、故郷の人々を憤激させた。その他膨大な『日録』［六一—八二、二十八冊］があり、《原罪自体の底にある永遠》をめぐる苦悩に満ちた省察を、数多い道徳的エッセーのなかで展開している。＊一九七九年死去。

私の場合、すべては本能的です。まず第一に、私は絶対に小説家などではないことを頭に入れておいていただかなくてはなりません。私の本領は《日録》なのです。若いころからすでに私は日を追って自分を語ることを夢みていました。自分の出会った困難、とりわけ肉欲の領域に属する困難を入念に書きとめた原稿で、トランクがいくつもいっぱいになっていました。ただ、人生経験のない無名の人間の印象なんて、誰の興味も引きません。将軍か大臣なら話は別ですが、作家が《私》と言えるようになるためには、まず客観的な作品を書くことからはじめなければなりません。

私が自分のとるべき道を発見するためには、実を言うと、ある破局によって、それまで私の書いたものすべてが無に帰してしまう必要がありました。一九一四年二月のことです。私は正確な日付まで覚えています。それはポール・デルレード［作家、政治家］の葬儀の日でした。たまたま私は、聖オーギュスタン教会で執り行なわれた葬式に連なっていたのですが、追悼演説者のひとりが激しい感動をこめて引きあいに出した神の名を聞いて私は動転したのです。かつて私は重大な道徳上の過ちを犯したことがありました。目も眩むような状態のなかで、私はその時、真の有罪者を発見したのです。それは文学でした。文学と私自身を罰するために、次の夜、私は自分の書いたものを焼き捨てようと決心しました。

精神科医にとってそれがどれほどの喪失だったか測り知れないほどですが、今日、私はなにも後悔していません。というのもその日を境に、私は自分自身にたいして非常に大きな精神的重要性を与えることができるようになったからです。しかしあの時は、自分にとってもっとも大切な宝だったものが、ちっぽけな一山の灰になってしまったのを見つめているうちに、私は恐ろしい衝撃を覚えました。自分が文学なしには生きられないことを悟った時は、自殺しようとさえ考えたほどです。私を救ったのは、さまざまな状況の助力だったというほかはありません。私が絶望の淵に沈んでいた時、五年まえから会っていなかった友人が突然あらわれたのでした。彼は私にふたたび仕事をはじめるよう無理やり仕向けました。日曜ごとに私に会いにきました。数ヵ月後、彼は戦争で死んでしまいましたが、私が客観的な作品を書きはじめたのはその友人のおかげなのです。

――その客観的作品なるものを、どうやって創作なさったんですか？

ジュアンドー　創作したものなんて、なにもありません。私は想像力をもっとも軽蔑しています。それに私自身、想像力などというものをほとんどもちあわせていませんしね。自分の語るものに、短篇ないし長篇の形を与えるだけで私は満足していたんです。実をいえばすべてが真実で、私の処女作の『テオフィルの青春』は、自分の幼年時代をそのまま回顧的に書いただけなんです。『パンサングラン家の人々』は一見したところお伽話のようですが、実は私がパリで交際していた実在の家族なのです。

ただ、私が並外れた人々のなかで生きてきたということだけは言っておかなければなりません。今日では、誰も彼もが偽装しているので、皆お互いに似たりよったりになっています。あのころは幸運にも《怪物たち》と知りあうことができました。白状しておきますが、私はそういう人たちがかなり好きなんです。たとえば、ゲレ（フランス中部、クルーズ県の県庁所在地）の町で父のやっていた肉屋の真向いに、決して自分の部屋から出ようとしない白い顎鬚の老人がいました。その老人のところまで辿り着くためには、病気にかかった町中の動物が全部集められている、窓のない部屋を通り抜けなければなりませんでした。彼は最上階に住んでいましたが、レースのカーテンのかげで、一日中ヴァイオリンを弾いていました。彼の音楽は虎のような感じでしたが、それでも聞くものは誰もがうっとりしました。彼は私のある中篇の登場人物になっています。ほんのちょっと演出しただけです。しかしなにかを変えながらでも、それが真実よりもっと真実になるよう努力しました。たとえば誰かの名前を変える時、同じような音楽性と喚起力をもつ苗字を選びました（名前と苗字はその人の指標ですからね）。たとえば、パンサングラン［Pincengrain］一家のモデルは、パスマール［Passemart］という名前でした。音節の数も音楽性も同じなら、その名前を聞いて連想するものも、グラン［コーヒー豆］とマール［marc。mart と同音。コーヒーの出し殻］というように共通しています。おわかりでしょう……

時には私とはなんのかかわりもなしに、そういう洗礼が行なわれることもありました。『親密なゴドー氏』の例をとってみましょう。あれは私が書いたもののなかで、もっとも少なく小さいものだと思います（もっとも大きいと自分で言うのも変ですから）。とにかくあの本の場合、置き換えは全部、神の摂理によって口述されたものだと言っていいほどです。女主人公は実際にはマルグリットという名前だったのですが、作品ではどういう名前にしようかと考えていた時、母が私にこう言ったのです——「ある娘さんと知りあって、とても好感を抱いたことがあったわ。ヴェロニクという名前だったけれど」。それからしばらくして、私は例のマルグリットの姉が修道院に入る決心をしたので、一緒について行ったんです（そのお姉さんはやがて、聖なる香りに包まれて修道院で死ぬことになります）。すると院長の尼僧が彼女にこう言ったんです——「娘よ、私はお前に聖テレサの貴族の称号を与えましょう。サント・ファス（聖なる顔の意）修道尼という名前にしましょう」。ヴェロニクとサント・ファス、その二つが揃ったところで神話が築き上げられたわけですが、私はそのためになにひとつやったわけではありません。私はそういう種類の洗礼がかなり好きです。

私が驚くのは、モデルたちが作中人物のなかに自分を認めると、私にたいして恐ろしいほど不機嫌になるということです。母から聞いたのですが、夜、母の部屋の窓のところに来て彼女を罵る人がいるというんです。それも私のせいで。モデルたちが世を去ったあとにも、たとえば孫たちがいて、私がかつて彼女たちのお祖母さんを泣かせたという理由で、私の永遠の劫罰を祈るというわけです。私には理解できません。私は真実を言っただけですし、それに、自分が描き出した人々に、これ以上はないほど深い敬意を覚えているんです。

　幸い今日ではもう登場人物たちを創り出す必要はありません。私は自分の生れついた本性に従うことにしたのです。私はもう遠慮しません。起ったことをずばりそのまま言います。それが真実だという限りにおいて、そのほうがいいのです。

——あなたの書物がどんなふうに生れてくるのか、話していただけませんか？

ジュアンドー　出発点で、一冊の本を書こうという意図をもったことはこれまで一度もありません。ただ、私は生きた録音機だという事実があります。私とつきあう時には、言うことに気をつけなくてはなりません。なにもかも録音されてしまいますから。私は人間存在を熱愛していますから、そのひとりひとりがそれとは知らずに私の書物に協力してくれているんです。とりわけ男性にたいする私の敬意は——いや、崇拝と言ってもいいほどですが——とても深いものなので、少年を官能的に愛するという一種の過ちを犯すにいたったほどです。しかし実を言うと、私が快楽を覚えるのは女性相手の時だけだったということは断っておかなければなりませんが。自分の生涯のさまざまな章に題をつけるとすれば、見つかるのは女名前のはずです。

『テオフィルの青春』のかげにはアレクサンドリーヌ叔母がいます。母の妹です。その両親はパン屋でしたが、彼女はドイツ語を習って私に教えてくれました。それからジャンヌがいます。カルメル会の修道女で、私に十字架の聖ヨハネ［十六世紀スペインのカトリック神秘家、著作家、カルメル会の改革者］を読ませた人です。そしてアルバン夫人……。これが私の書物の三つの章を形作っています。『親密なゴドー氏』を支配しているのは、私がヴェロニク・パンサングランと名づけた女性です。

妻の場合も同じことでした。私たちの結婚生活は四十二年続きました。ところで結婚の翌日から、ものになりそうな兎を彼女が持ち上げるたびに、私はそれを自分のポタージュに滑り込ませました。『夫の記録』の冒頭の『エリーズ』と題された物語は、あなたもご存じでしょう。あれは十一月十一日に生れたものなんです。家には妻と私の二人だけで、冷たい食事をまえにしていた時、妻が急に、自分の子供時代の話をしはじめたんです。その言葉遣いや表現が実に並外れていたので、私は超人的な努力を払ってそれをすべて記憶に刻みつけました。彼女が語り了えると、私はこう言いました——「さあ、もう黙って。

僕は満タンだ」。それから私は仕事場に上って行き、つねに同じ《感興》を見出すよう努力しながらやがて敷衍すべき表題をすべて、小学生用のノートに書き出していったのです。それに私はいつも人工革《モレスキン》の手帳を持ち歩きます。街なかや地下鉄や牛乳屋でなにか面白い話を聞くたびに、私は台になりそうな壁を探して、二言三言手帳に書きつけるんです。

そんなふうにして、散歩のあいだに短篇がひとつ生れることもあります。

——そういう覚え書を書物に変えるには、どういうふうになさるんですか？

ジュアンドー　その点に関しても、プロセスには切れ目がありません。明確に、ある書物を書こうと思って机に向うことは決してありません。しかし、私が覚え書に手をつけない日も一日としてないのです。事実、あちらこちらで次々に拾い集めたこれらの断片は、いったん仕分けした上で、ある形を与えなければなりません。昔は、使えそうなものをばらばらの紙に書き写し、それをファイルに仕分けるだけで満足していました。今はそれよりははるかに巧妙な方法をもっています。店で《オモリング》と呼ばれているあの大きいノート、一枚一枚に穴があいていて、頁を自由に差し換えられるノートを使うのです。あれなら、テクスト自体には手をふれずに、絶えず覚え書を付け加えたり、引き抜いたり、順序を変えたりすることができます。

だからといって、書き直すことがないわけではありません。子供のころから私は完全主義者なんです。ですから私はひたすら、あれこれの覚え書を取り出しては、文章をもっと練りあげたり、より適切な表現を探したりするのに時間を潰すのです。そうこうしているうちに、ある日ふと、自分でもそれと知らぬ間に一冊の書物を書きあげたことに気づくのです。

ご覧のように、これは創作などというものではありません。先在する素材に手を入れるだけです。もちろん私は決してプランなどは立てません。そういうやり方には絶対反対です。私は組織立ったことが大嫌いなんです。

美化しようともしません。ごく稀になにかを付け加えることはあるにしても。たいていはむしろその逆です。『アドニスの葬礼』という短篇のことを覚えています。十年間、何度も書き直しましたが、どうしても満足できませんでした。そしてある日わかったんです。話を美化するために想像で補ったものを全部抹殺し、純粋に事実の伝達だけに還元したのです。秘密は、付け加えることではなく、切り詰めることにあったのです。のちにガリマール社から刊行された『アザエル』を偶然抽斗のなかから見つけ出した時、五種類の原稿がありました。第一稿は四百頁、第二稿は三百頁というふうに縮めていって、決定稿はほぼ百頁しかありませんでした。

この規則が適用されない唯一のケースは、報告ではなく描写の場合です。言葉で描写するということになると、これはもう大喜びで、自分の好きな動物を愛撫する時のようです。

万年筆でしか書かないことは今更断るまでもないでしょう。タイプで書くという作家たちの話も聞きますが、私にはとうてい理解できません。私は自分の筆蹟も好きなんです。それもやはり自分の作品の一部なのです。

――ほかになにか作家としての《癖》はありませんか？

ジュアンドー　暑さ寒さといった外的な条件には、気づきさえしません。ゲレの人々はとても気質が荒いのです。十七歳まで私は暖房のない部屋に寝ていました。それに引きかえ、私にとって絶対に不可欠な条件があります。私の仕事場は、住む家の最上階になければならないということです。私は信者です。自分の上に空があることは容認します。容認できるのはそれだけです。とりわけ妻が生きていたころ〔一九七一年三月死去〕、彼女が私の頭の上を歩くなどということは、考えただけでも我慢できなかったろうと思います。長いあいだ私は天井のないだだっ広いアトリエで仕事しました。私の頭上にあるのは屋根だけ、それもとても高い屋根だけでした。あれは仕事場として理想的でした。まるで自分が礼拝堂のなかにいるような感じでした。今は屋根裏部屋を使っていますが、これも悪くありません。ジューイ（フランス中部イヨンヌ県の町）産の布を壁に貼りつめた小部屋ですが、寝室のすぐ隣りにあります。ジュートを貼ってありますが、夜などなにか着想をえた時など、それをノートに書きつけるのにほんの一歩歩けばいいわけです。ヴァチカンに住む教皇だって、住いはこんなに便利じゃないと思いますよ。

――ご自分の書かれたものをエリーズに見せる習慣をおもちでしたか？

ジュアンドー　その点に関しては交流がなかったと言わなければなりません。結婚したばかりのころ、『ゴドー氏の結婚生活』を彼女に手渡したことがありました。彼女はそれを読んで、出版してもいいと言ってくれました。私はそれをいいことに発表に踏み切りました。彼女がいつも満足していたとは言いません。あれは素晴しい女でした。しかし一緒に暮すのはとても難しかった。彼女は憤怒のあまりに死んだんです……私にたいする……実は間違った怒りでしたが。しかし、なにはともあれ、彼女のほうでも私について本を一冊書いたわけです。表題は私を傷つけました。『茨の絆』〔一九六四年刊〕というんです。それで私は考えました――「できることなら苦しまないほうがいい」。そう思って、読むのはやめました。エリーズも同じことで、その後彼女はもう私の書くものを読もうとしませんでした。とにかく、コクトーが、ある日私にこう言いました――「いいかい、君の奥さんは魚座の生れなんだよ。自分の顔が見えるようにと、君がもし彼女に鏡を向けたりしたら、彼女は烏賊《いか》の真似をするのさ。墨を吹掛けるんだ」。

（一九七二年五月五日）

ジャック・ローラン

——手で書く書物もあれば口述する作品もある

Jacques Laurent

一九一九年生まれ。第二次大戦直後、いくつかのペンネームを使いわけて多彩な活動を見せた作家、評論家、ジャーナリスト、歴史家。なかでもセシル・サン＝ローランという名前で発表した一連の通俗歴史小説は彼をベストセラー作家にした。『カロリーヌ』（四七）がその代表である。ジャーナリストとしては五三年、雑誌《ラ・パリジェンヌ》を創刊し、五四年から五九年まで文芸週刊紙《アール》の編集長を勤めた。その間、実存主義や参加《アンガージュマン》の文学を批判する立場から、サルトルとブールジェを並べて論じた『ポールとジャン＝ポール』（五一）を書いた。軽妙かつ激越な攻撃の書だが、偏見のそしりは免れない。ジャック・ローランという名前では、心理小説の伝統に連なり、時としてジロドゥを思わせる文体の小説『静かな肉体』（四八）、その続篇『小さなあひる』（五四）のほか、七一年には『愚行』を発表してゴンクール賞を獲得した。＊二〇〇〇年死去。

私のほうから逆に質問したいことがあります——あなたは誰に質問してるんです？　私は曖昧な存在でしてね。ジャック・ローランとセシル・サン＝ローランでは仕事の方法が違うんです。前者は形の問題にとりつかれています。それが楽しいというだけの理由で（別に言葉にたいする潔癖さからではなく）、単語や構文を変えてみずにはいられないのです。後者は、歴史小説とか大衆小説（とはいっても軽蔑的な意味は全然なしに）といった、まったく別の伝統に連なることを目ざしているので、読者をさまざまな出来事に参加させることにもっとも意を用います。出来事といえば、これはもう際限がありませんからね！　形の問題だけにかかずらうわけにはいかないんです。

ひとつの時代の把握に成功するために、セシル・サン＝ローランは、逆に、文字通り軽業師になりきらなければなりません。したがって、逆説的ではありますが、仕事の方法ということになると、ジャック・ローランより彼のほうが多くもっているんです。というのも、ジャック・ローランの場合、とりわけ問題なのは、内面のざわめきを誘導し、ある種の厳密さをもってそれを排出することなんですから。

――その違いは実際面では、どんなふうにあらわれるんですか？

ローラン　ジャック・ローランという名前で発表する書物は手で書きます。セシル・サン＝ローランと署名するものは、秘書に直接口述し、彼女がタイプで打つんです。つまり私が仕事する日は二つのサイクルにわかれています。

午後のはじめ、紙、ノート、かつてはペン、今ではインク瓶を持ち運ぶ手間を省くためにビック印のボールペンなど、ようするに仕事道具をもって、スナックに出かけ、執筆に没頭します――私の好きな仕事場は《デカメロン》と《ポン・ロワイヤル》です。周囲の騒音や会話は邪魔になりません。仕事に没頭すれば、そんなものは耳に入りませんし、気が散れば、むしろそれが創作のための養分になってくれるというわけです。ところが旅に出ると逆に私は地理的な環境にひどく敏感になります。リマでは全然書けません。ハイチではすこし調子があがり、東京では最大の能率をあげることができます。

夕方の六時になると、今度は口述の番です。そしてこれは、そのために借りて、最低必要な家具を入れた部屋で行なわれます（ひとりっきりになる必要がある時には、そこで寝ることもしばしばあります）。この仕事はかなりのスピードで、八時まで、時には九時半まで続きますが、その間、私の顔は絶えず登場人物のそれに成り変ります。秘書たちの話を信じれば、たとえばタレーランが登場する条りでは、私はまったく見るも恐ろしい形相になるそうです。しかし、言うまでもなく、間断なく口述し続けるわけではありません。出だしがまずかったりすると、文と文とのあいだで口述をやめて雑談します。それと同時に、頭のなかでいろいろと考え、新しい道を探すんです。そんなふうにして私は『カロリーヌ』を三ヵ月で口述し終りました。あなたには異常な速さに見えるかもしれません。しかしスタンダールは『パルムの僧院』を三週間で書いたんです。もっとも書き出すまえにそれを温めていた期間を忘れてはなりませんが。くしゃみみたいなものです。絶対にそれが出なければならない瞬間があるのです。

――作品を温めている間のことを話していただけますか?

ローラン　こんなことを言うと妙に聞えるかもしれませんが、セシル・サン＝ローランは本当の歴史学者よりもっと博識でなければなりません。歴史学者が、たとえばウィーン会議について論文を書くというような場合、参加者がどんな乗物を使っていたかとか、なにを飲み食いしていたかなどはどうでもいいことです。しかし歴史小説を書くとなると、作家は自分の描く時代の日常生活をいわば内側からよく知らなければならず、その時代の空気を吸えるようでなければなりません。ですから、書き出すまえ、数限りない細部を知るために、図書館で孤独な仕事をしなければなりません。そういう細部は、もしかしたら読者の目にはつかないかもしれませんが、私個人はそれがあってはじめて自信がもてるんです。すべての挿話が、正真正銘の事実に基いていないと気が済まないのです。たとえば『カロリーヌ』に登場するベルチェの父親の狂気ですが、ただ精神科医に相談するだけでは満足せず、その彩りは、革命時代の回想録作者、ド・ヴォーブラン侯爵の、当時の狂気の描写から借りてきたものです。登場人物の名前もいい加減に選ぶわけではありません(カロリーヌだけは別で、もともとあれは仮にということで使っていたのですが、結局残すことにした名前なんです)。トゥッサン・ローズとかアンヌ・コケとか、『静かな肉体』(この場合はジャック・ローランの作品ということになりますが)に使われた名前の半分はバスチーユの囚人名簿に由来するものです。今は出身地を考慮に入れたいと思っています。必要とあれば、固有名詞の語源辞典を引いてみます。

しかし博識だけで十分とは言えません。チェーザレ・ボルジアについてすべてを知ったところで、二十世紀の人間としてのあなたの感受性やモラルによって判断するだけで満足している限り、この人物についてなにも理解したことになりません。人間は誰もが独自の存在であると同時に、時代の刻印を押されてもいるというのが私の考えです。私がこれほど好んで女性を主人公に選ぶのは、まさに女性は男性よりも具体的な出来事にはるかに敏感だからです。カロリーヌの官能性を通じて私が反映させようとしたのは、男性の目のほかに、フランス革命時代のあらゆる事件や流行でもあるのです。

過ぎ去った時代の感受性のなかに浸りきるために、いわば図書館と口述のあいだになされる仕事、つまり夢想にふけるという仕事に私は没頭します。ふつうは朝、何時間か、時には夜、寝るまえに、登場人物たちのことをあれこれ考える必要があるのです。彼らの生涯のしかじかの時期、しかじかの挿話のことを考えます。それを実際に使おうが使うまいが、そんなことはどうでもいいんです（ついでに言えば、私は決してノートをとりません）。もっとも重要なのは、登場人物のひとりひとりを徐々に自分のなかに住みつかせることです。その必要はあまりにも強いので、本なんかなにも書いていない時でさえ、あいかわらずそういう欲求が私につきまといます。しかしそんな時には夢想がいわば空廻りするわけなので、ひどく不愉快な気分になります。眠れないままに、酒に浸りはじめます。まるで夢みることを妨げられた猫みたいです。しかし夢想と夢を混同しないで下さい。原則として私は決して登場人物の夢は見ません。もしそういうことがあるとすれば疲れのせいです。『いとしいカロリーヌの息子』を書いていた時に、そういうことがありました。具体的に言えば、ロシアからの退却を語らなければならなかったのですが、これが私にとって苦しい仕事である理由はひとつにとどまりませんでした。というのも、全員を家に連れ戻すわけにはいきませんから、退却の途中で何人かの登場人物が生命を落とすことにしなければならなかったからです。それで私は尻込みしたんです。とりわけベレジナ河の渡河の場面は長いあいだ書けないまま放置しました。しかし夜になると私の職業意識がふたたび勝ちを占め、夢のなかで登場人物たちといっしょに雪のなかにいる自分を見、その自分が、もっとはやく退却戦を戦うよう彼らをけしかけるのです。心を激しく突き刺すその夢を私は何度も繰返し見たのですが、そんな状態が、数週間続きました。しかし、言うまでもなく、その種の夢は、文章に反映する力をもたないものです。

――仕事を進める途中で、プランを立てることがありますか？

ローラン ここでもやはり区別する必要があります。ジャック・ローランにとっては、物語の筋は簡潔なものですから、私が考えるのは極めて漠然とした図式だけで、しかもそれはむしろ全体の調子を指示するためのものです。『愚行』の冒頭を書いた時の私には、絶えずクラヴサンを奏でる音が聞えていました。そしてその音が、感動の一定の度合を越えてはいけないと指示してくれたのです。これにたいして、セシル・サン＝ローランのほうは綿密にプランを練りあげます。具体的に言えば、それらのプランは円の形をとります。あるいはこう言うほうがよければ、仔牛の肝臓のような形をしていて（一章につき六つか七つ）、そのなかにいくつかの着想を書き込むのです。紙を覆いつくすこれらの円の、ほとんど有機的な絡みあいが、視覚的な楽しみを与えてくれることは別として、これは非常に便利なシステムなんです。いくつかの円は次第にふくれあがります。他の円はしぼんでしまいます。それらの順序も変ります。ある一章に空白があれば、円を白いまま残しておきます。口述する時、私はいつも、円で覆いつくされたプランを目のまえに置いています。自分が違った方向に進んでいることに気づくと、円のほうに引き返すための戦術的な動きに身を委ねます。場合によってはその円をあっさり抹殺してしまいます（一篇の小説を三分の一ほど書き進んだあとでは、登場人物たちがあまりにも自立的な存在になってしまっているので、もし彼らが図式に合わなくなれば、むしろ図式を変えるほうがいいのです）。しかし小説の執筆に当って気がかりなのは、あらかじめ立てたプランをどんなに尊重しても、結局は付帯現象のほうが勝ちを占めるのがわかるという事実です。物質、生身、生命、性格をあらわすさまざまな細部、そういうものは、それらを産み出す創造過程のなかで蓄積されたさまざまな偶然なのです。ベルクソンからジャック・モノーにいたるまで、偶然が創造力をもつという事実に、次第に敏感になっています。一篇の小説に何ヵ月もかかずらう以上、その間、あなたの日常生活に起ることすべてが、そこに混り込んでくるのです。

本を読む場合がとりわけそうです。『ブルジョワ女』の例をとってみましょう。一九六八年に書きはじめた時、私の計画では、非常に若い人たちがもつはずの目を通してさまざまな出来事を扱う予定でした。その後たまたま私は『ボヴァリー夫人』を読み直したのですが、同時にピエール・ジラールの評論も目にふれたのです。彼はそこで多くの点を論証していますが、そのなかのひとつに、フローベールの女主人公は、読んだ本を参照しながら人生を送っているという事実があります。この二冊を読んだために、私は他人の目を通して彼女を描くかわりに、直接このブルジョワ女を中心人物にすることにしたのです。ものを書くというのは、それ自体のなかに策略をふくむ仕事だということを忘れてはなりません（時には自分自身にさからって）。コクトーとバルザックといえば、互いに遠くへだたった、なんの親近性ももたない二人の作家ですが、そのコクトーが『恐るべき子供たち』をバルザック流の描写（モンチエの町）ではじめたのもひとつの策略なのです。私自身、『オルタンス、一九一四―一八』（フェルディナン大公を暗殺〔第一次大戦勃発の契機となった〕する目的でサラエヴォに行く若いセルボ＝クロアチア人の旅を語ったもの）の冒頭は、小学生のための教科書『二人の子供のフランス一周』の冒頭を借用しました。これは、書き出しをめぐるさまざまな問題を克服するための超現実主義的方法を実際に適用したものです。シムノンの場合はどうでしょうか？　彼の本のなかで天気予報の占める重要性にお気づきですか？　最初から最後まで、雲の変化、温度の変化がひとつ残らず指摘され、描写されています。それが本能的なのか意識的なのかは知りません。とにかく、結局のところ作品の骨組を支えているのがそれであることに変りはありません。

――あなたにとって、書く楽しみはまず第一になにから成っていますか？

ローラン　ジャック・ローランが好むのは文体の訓練です。成功という点からみれば、これは確かに間違ったやり方です。文学においても絵画においてと同様、売るためにはすぐそれとわかるようなスタイルが必要なのです。何人かの作家は、きわめて意識的に自分のものとしてある文体を創り出したのではないかと思います。バレス［作家、政治家。右翼的思想で知られる］の場合——彼が一流派の首領であることは誰もが知っています。コクトーからモーリヤックにいたるまで。アラゴンも忘れてならない存在です——、あの躍動と曲言法の交替はあまりにも組織的なので、下心のない、自然なものとはとうてい考えられません。私個人としては模作が好きです。ある条りを書きはじめるまえに、モンテルランやスタンダールやプルーストの作品を読み返すことさえあります。件の作家をいわば自分に注射するために。

セシル・サン＝ローランのほうは、なによりもまず、架空の人物に実在の人物の特徴を与えることから成るあの交雑の形が好きです（作家という職業につきもののこの策略を、私は好んで副次的な登場人物に用います。完全に正反対な二人の人間を、同じひとつの顔に結びつけるのです）。『オルタンス、一九一四—一八』を書いた時、私は、プルーストがある若い中尉のために催した晩餐会の場面を設定し、《ラリュ》の店に、ポール・モーランとレオン・ドーデ、それに何人かの架空の人物を集めました。その中尉に宛てたプルーストの招待状を書くのに、私は彼を模作する楽しみを自分に禁じえませんでした。もっともそれは彼自身好んでやったことでもありましたが。終止符なしにひとつの文章でありながら優に一頁は続くその手紙を、口述筆記させるなどということは問題になりませんでした。少しずつではありますが、結局私はその章全体を手で書いてしまいました。こういった文体の訓練を通じて、作家は自分の可能性を知るようになるのです。いつ、どのようにして、同時に九人の登場人物を扱えるようになるかがわかってくるのです。それはもう楽しいものです。批評が関心を注ぐべきなのはそういう問題にであって、テーマ批評などではありません。牛の問題と肉屋の問題とのあいだには、そういう違いがあるんです。批評家は、肉屋と同じく、アントルコート［あばら肉］や尻肉のある場所を非常によく説明してくれます。しかし牛自身は、作家と同じく、アントルコートのなんたるか、尻肉のなんたるかを全く知らないのです。

――それほど混ぜあわせることがお好きなのに、ジャック・ローランとセシル・サン＝ローランをこれほど画然と区別なさるのはなぜですか？

ローラン　両方とも私の気に入っているとはいえ明確に異る読者層に語りかけているのです。私自身、マルセル・プルーストとデュマ・フィスをこもごも読むのが大好きなように。読者としてそういうアンビヴァランスをもっている以上、私は作者としてもそれをもちたいと思ったのです。

しかし奇妙なことに、しばらくまえから、セシル・サン＝ローランは心理を複雑に屈折させる傾向があり、ジャック・ローランは作品に筋の変化をもちこもうとする傾向があります。『愚行』では、いくつかの箇所を手で書きはじめながら、自分が手で書くようなものの次元にはいないのを感じて中断し、結局口述であとを続けたことがありました。逆に『ブルジョワ女』では、女主人公の父親の日記と、彼がそこで展開するいくつかの議論——病気、老い、自分の死を選ぶ権利等々に関する省察は、手で書きました。あれはジャック・ローランの署名で発表してもおかしくないはずです。

まるで自分のなかに秩序を打ちたてようとする意志でもあるかのように、自分が融合の試みの対象であることを私は意識しています。しかしそれがたんなる試みにすぎないことは確かです。

（一九七五年三月二十一日）

J・M・G・ル・クレジオ

――私は夢を見ないために、苦しまないために書く

J. M. G. Le Clézio

一九四〇年、ニース生まれ。父はイギリス人、母はフランス人。二十三歳の時、処女作『調書』（六三）によってルノード賞を受けた。六六年から六七年にかけて、兵役の代りにタイでフランス語を教える。その後メキシコやパナマにしばしば旅し、インディアンと生活を共にして深い影響を受ける。『発熱』（六五）、『大洪水』（六六）、『愛する大地』（六七）、『逃亡の書』（六九）、『戦争』（七〇）、『巨人たち』（七三）、『向う側への旅』（七六）、『モンド』（七八）などの長短篇のほか、『物質的恍惚』（六七）、『悪魔祓い』（七一）などのエッセーがある。しばしば《フィクションの形而上学》と評される彼の作品は、たんに伝統的文学のみならず、現代西欧文明の基盤そのものに疑問を投げ続け、疑問と確信、日常的なものと聖なるものがたえず交代する。「作家の手は遠くから来た震動を記録する地震計だ」という言葉は、彼の辿り着いた地点を明示している。＊二〇〇八年、ノーベル文学賞受賞。

仕事の方法なんて、私がどうしてそんなものを持ちえましょう？　新しい書物はそのひとつひとつが事物の新しいヴィジョンに対応しているのです。私は自分の書物を、冒頭からはじめて終りまで一気に書きます。ボールペンで。

私は21×27の大判の白い原稿用紙を使って余白なしに表裏びっしり書き、ほとんど抹消もしません。というのも、抹消することに私は肉体的嫌悪を感じるからです。書きあげると、植字工のために全体をタイプで打ち直します。私の手書き原稿では、彼らには細かすぎるらしいのです。いずれにしろ、初稿が私を興奮に駆りたてるのと同じだけ、第二稿は私をうんざりさせます。タイプはいくら習っても覚えられないので、全部を二本指で打たなければなりません。つい面倒になって、あちらこちら、単語や形容詞を省いてしまうようなことになります。しかしそうすることによって私はその気もなしに、自分の文体を磨くのかもしれません。しかしながら、そういう瑣末事を除けば、初稿が決定稿になります。

それはなにかしらとても深いものに呼応しているので、ある条りをはじめて書くつもりでもう一度書いてみた時、新しく書き下した文章が、コンマひとつを除いて、三ヵ月まえに書いたものと全く同じだと確かめることができたほどです。

——プランを立てることは全くないのですか？

ル・クレジオ　試みてはみました。とりわけ『逃亡の書』の場合に。私はこう考えたのです——ある旅を語ろうと思う以上、まず最初に旅立ちを促したモチーフ、逃亡を余儀なくしたものすべてを書きとめよう、と。第二点は、どうして逃げ出すか。第三に……というわけです。私は次々に三つのプランを立ててみました。しかし書きはじめるやいなや私は認めざるをえませんでした。自分が終りから書きはじめていること、あらかじめ定められた限界を自分は守れないこと。結局その三つのプランを混ぜあわせ、パロディーとしての自己批判の一章にその要約を挿入することで満足しなければなりませんでした。重要なのは、水にとびこむまえに自分で自分の気を鎮め、いわば自分を安心させるためにとるこまごましたノートではなく、来るべき作品についてのある説明しがたい感情なのです。それは自分がどうしても通らなければならないと感じる圏界のようなものです。どういうふうに通るかもわからずに。

——だとすると、いったいどうすれば抹消もせずに書けるのですか？

ル・クレジオ　プランを文章の形に練りあげることはできないと言いましたが、プランがないとは言いませんでしたよ。ようするにプランは物言わぬ形で私のなかにかくされているのです。私がものを書くのは、ある意味でまさにそれを発見するためだと言えます。

一冊の書物を書きはじめるまえ、私はその熟成に長い時間をかけます。たとえば『調書』の場合をとってみましょう。初稿に三ヵ月、第二稿に二ヵ月かけましたが、そのまえ一年間あれこれ考えていたのです。いったん書きはじめると、一種避けがたい必然性に従うことになるのは、おそらくそのためなのでしょう。別の例もあります。『逃亡の書』を半分ほど書き進んだ時のことですが、ある神殿を訪れた際に眺め入ったひとつの光景が突然記憶によみがえってきたのです。それはある笛吹きの姿だったのですが、私はその音色にすっかりひきつけられてしまって、周囲の建物や風景自体はほとんどなにも見ていませんでした。その光景は、あの本全体の調子には全然そぐわないものでした。それでも、まさにその箇所で、私はその挿話を語らなければならないと感じたのです。それからしばらくたって、南アメリカで展開する部分を書いていた時、私はもうひとり別の笛吹きのことを思い出しました。そこでもやはり私はなんの疑問もなしに書きました。あとになってわかったのです。結局のところその二つの音楽は、二年かけて世界中を経めぐった旅から私が持ち帰った唯一の教訓だったことが。それは芸術的創造がいかなるものでありうるか、またあるべきかの啓示だったのです。

——仕事をなさる時間は決っていますか？

ル・クレジオ　時間割ですか？　それがなにを意味するか私は知りません。書くのが不愉快な時もあれば、どうにも抑えがたい欲求を感じることもあります。そんな時はまるで私のなかで日常生活が粉々に砕け散ったかのようなのです。ふつう私が書きたいという欲求を覚えるのは朝です。しかし真夜中に書きたくなることもあります。突然なにかが私を動転させ、すぐにそれを紙のうえに吐き出さなければ、その夢に苦しみそうだと感じるのです。そこで私は机に向い、二時間か三時間、一気に書き続けます。時によっては街を歩いている時にその種の欲求に襲われることもあります。そんな時に紙をもっていないと、自分がとても不幸に感じられます。急いで家に帰るか、目についた最初のカフェにとびこみます。一時期、紙クロスの端に、色とりどりに神秘的な記号を書きつけたものでしたが、残念ながら後からそれを解読できたためしがないのです。それで結局私はその方式を諦めました。ただひとつ確実に言えるのは、一冊の書物は私がいつでもそれを書ける状態にあることを要求するということです。

——本を書くのにある決った環境ないし背景を必要としますか？

ル・クレジオ　他所よりはニースにいる時のほうが書き易いのは確かです。ひとりの人間とその人間の住む町とのあいだには一種の調和《ハーモニー》がかもし出されるものです。私が《街路》と書くとき、それがどの街路なのか、私は知っていなければなりません。どうしても書けない場所もあります。メキシコでは私は不安でした。ここは自分の家ではない、たとえなにか書いたとしても街角の店や街灯が、私が正しいか間違っているか、告げてはくれないと感じていました。

二年間の兵役のあいだ、私はただの一行も書けませんでした。だいいち、私は生れてはじめて、ある決った時間割で、教師という職業に従事しなければなりませんでした。しかしとりわけ私は、住みなれた環境から遠く、幾海原も越えた彼方にいたのです。結局私には、世界を自分の部屋の四つの壁に還元してしまう傾向があるのかもしれません。それが卑怯であることはわかっていますが、しかし必要なのです。その部屋は私の隠れ家であると同時に息苦しい部屋でもあるのです。私と私の部屋との関係は憎悪と欲求の混りあった奇妙なもので、それが私の書物の素材自体に影響を及ぼすのです。

――とすればあなたは監獄のなかでも書けるというわけですか?

ル・クレジオ　そんなことはありません。もし監獄にいるのだったら、監獄についての本しか書けないだろうと思います。さもなければ壁に《自由万歳》と書くでしょう。私は絶えず外の生活から養分を摂る必要があるのです。ある四辻が本のなかで自分の語った通りであるかどうか、その場に行って確かめる必要があるのです。街の騒音について書いているのであれば、その騒音を聞かなければなりません。運よく自分の部屋の下で工事があれば、私は窓を全部開け放って、鋲打ち機械のけたたましい音に聞き入ります。激しい動きを描写する時には音楽が必要です。音を立てさえすればいいので、バッハでも《ポップ》でも構わないのですが。

——ところで、まさに霊感の過程はどんなふうに始まるんですか？

ル・クレジオ　最初にいろいろなシークエンスというか、動きがあるのです。ちょうど映し出される映画のように。動きのないイメージであることは決してありません。それはニースの街を歩きまわっている時に私が実際に目撃した光景であることもあれば、読んだ本からえた、あるいはただ自分が想像した光景であることもあります。いずれにせよそれらは幼いころの思い出に近いのが常です。『調書』の書き出しのあたりには、十五歳ごろに発見した廃屋の思い出があります。陽当りが良く、とかげの沢山いるその家に住めたらなと夢みたものでした。この郷愁に満ちた思い出に、ある固定観念が接木《つぎき》されたのです。そのころの私はモーターバイクをもっていたのですが、時々、それを海に投込んでしまいたいという不可解な気持に駆られました。もちろんそんなことはしませんでしたが、そのかわりにはじめての本を書いたのです。『逃亡の書』はどうかといえば、子供のころニース空港のテラスに連れて行かれ、いまに落ちるんではないかと思いながら飛行機が飛び立つのを見るたびに覚えたショックの思い出に突き動かされ、まるで口述筆記するような感じで書いたものです。

（一九七〇年九月五日）

ミシェル・レリス

――書物の一部は犬の散歩のあいだに出来あがる

Michel Leiris

一九〇一年生まれ。《告白の専門家》と呼ばれるレリスは、詩人であると同時に人類学者でもある。一九二二年ごろから夢の探求の道具としていくつかの詩を書いたが、二九年ブルトンと訣別、ジョルジュ・バタイユに協力して雑誌《ドキュマン》の編集に参加した。三〇年以降、告白の文学を書き進める一方、アフリカを専門領域とする人類学者としての仕事を並行させたが、彼自身はこれら二つの領域における活動を、人間の探求という唯一の営為とみなしている。『成熟の年齢』（三九。《闘牛として考察された文学について》を付して四六年に再刊）は言語による探索を無意識の領域にまで掘り下げ、告白文学に新たな地平を開いた。四八年以降、ほぼ十年に一冊というペースで『ゲームの規則』を発表。七六年の『囁音』によって完結した。人類学の分野では『幻のアフリカ』（三四）、『黒人アフリカの美術』（六七）などがある。＊一九九〇年死去。

G・K・チェスタトンの小説に登場する警官のことを覚えておいででしょう。彼の捜査方法は、街路を歩きまわりながら、目についた奇妙な細部を残らず次々にメモしていくとなんです。私の仕事の方法もいささかそれに似ています。ある日、あるいは別の日に、私の胸の奥深いところに反応を起させたものすべてに私はしがみつくのです。そしてそれがまるで一本の糸ででもあるかのようにそれを手繰り寄せ、他のものを表面まで引き上げようとするのです。

――そういう《きっかけ》になるのはなんでしょうか？

レリス　長いあいだ私は自分の体験した奇妙な経験、とりわけ言葉との出会いのなかでの経験を出発点としていました。『ゲームの規則』の冒頭はそういった言語体験に中心が置かれています。

私のこうしたやり方に霊感を与えてくれたのは、言うまでもなくプルーストです。しかし同時に、とりわけ夢の重要性を教えてくれたシュールレアリスムとフロイトの影響も受けています。なかんずく並外れたものと思っている書物があります。『日常生活の精神病理学』がそれで、フロイトはしくじり行為とか一見したところ無意味にみえるあらゆる種類の事柄の巨大な重要性を示しています。

どんな時にせよ、私にとって関心を払うに値すると思えたことを、すべて私はカードに書きとめていました（もしかしたらそれは人類学者の習慣なのかもしれません）。もっとも年をとるにつれて、書きとめるほどのことは減っていくと白状しなければなりませんが。産出を促す言葉の力もやはり失われてしまいました。せいぜいまったく人工的な地口《じぐち》を作るのに役立つぐらいのものでしょう。思い出のストックはどうかといえば、実際のところ私はそれを汲み尽してしまいました。そういうわけで私はますます、折りにふれて日常生活のなかから拾いあげた、どうということもないくさぐさを利用するだけで満足するようになっています。備忘録やノートに書きつけたいくつかの覚え書があれば十分なのです。

――あなたのお仕事が実際面でどういうふうに進められるか、お話し願えますか？

レリス　書くということの仕事をできるだけ仰々しくないものにしようと努めています。書くということは恐ろしく真剣なことです。しかしとりわけそれが真剣な感じになってはならないのです。家にはちゃんと仕事机があるのに決してそれを使わず、むしろ本や郵便物が山と積み上げられている寝室のテーブルで書くのはおそらくそのためです。

私はしばしばラルース大辞典やリトレ〔十九世紀の辞書編纂者。また、彼のまとめた『フランス語大辞典』の俗称〕や、グレヴィスの文法書『仏語正用法』を引きます。そういった参考書の類は全部書斎においてあります。ですからそれらを参照するには二つの部屋のあいだを絶えず行ったり来たりしなければならないわけです。しかしそれが私にとってはとてもよい気晴しになるのです。

時間割をはっきり述べるとなると……これ以上偶然まかせなものはありません。週末の例をとってみましょう。原則として私は週末を完全に仕事と犬の散歩とにあてています。犬のお相手に何時間費すかは言おうと思えば言えますが、仕事にかける時間となるとそうはいきません。そもそも、書物の一部は、まさに犬の散歩のあいだ、私の頭のなかでできあがるのです。逆に私がものを書いていることになっている時、特に夜の十時から真夜中までは、実を言うと煙草を喫ったり、原稿をぱらぱらめくってみたり、棒を引いて消したりしていることのほうが多いのです。

——《棒を引いて消し》ては時間をつぶしている元シュールレアリストとは逆説的ではありませんか？

レリス　シュールレアリスムは自動記述に還元されるものではありません。ブルトン自身、その点については意見を変えています。それに私があの運動に加わっていたころ、私の地盤は夢であって、自動記述ではありませんでした。あのころ私はとにもかくにも文章のなかに突込むことができたのです。私が《小説》と呼んだ『オーロラ』は、いくつかの章にわかれたシュールレアリスム風の長いテクストですが、なにもしなかった時間もふくめて、私はあれを数ヵ月で書き終えました。しかしある時のこと、当時私が書いていた非常に抒情的なあれらの詩はすべて、どこか冗長で、しかも無償なものに思えたのです。

　私の文章の直し方が並外れているのは事実ですが、それは必ずしも美的配慮からではなく、できるだけ明晰かつ正確であろうとするからなのです。ある単語を変える時、ふつうそれはより短い単語を選ぶためです。ひとつの文章を書き直すとすれば、それはいくつかの文に分けるためです。というと逆説的に思えるかもしれません。というのも、私はかなりしばしばプルースト流の際限もなく長い文章を書くといって非難されましたから。しかしとにかくそうなのです。

――あらかじめご自分の本の構造をお決めになりますか？

レリス　絶対にそんなことはしません。一九四〇年に『ゲームの規則』を書きはじめた時、私は全体的なアイディアをもってはいましたが、結局のところそれはかなり漠然としたものでしかありませんでした。つまり、自分にとってある程度強烈に感じられたあらゆる種類の体験について語る本、一種シュールレアリスト的事実の寄せ集めにするつもりだったのです。そこに敗戦、占領という事態が起りました。このトンネルは自己への回帰を試みる絶好の機会に思えました。それが予想したよりもはるかに長いものになってしまったのです（これほど枝葉が茂ることがあらかじめわかっていたら、おそらく私は書き始めなかったにちがいありません）。書き進めていくうちに、本の形自体も変化していきました。『Ⅰ　Biffures《ビフュール》［抹消］』では章にわかれていたものが『Ⅱ　Fourbis《フルビ》［磨く］』［邦題『軍装』］ではしかるべく名付けられたいくつかの《部》になり、『Ⅲ　Fibrilles《フィブリーユ》［縫糸］』ではそれがただ番号をつけただけになりました。最終巻はほとんど短文だけから成っています。最初の予定では『Fibules《フィビュール》［腓骨、留め金］』という題で、全体を締めくくるつもりでした。しかし自分には結論が下せないとわかったので『Ⅳ　Frêle《フレル》 Bruit《ブリュイ》［囁（微かな）音］』という題のほうを選ぶことにしました。そのほうがより慎しく、表題の響きとしても他のそれに似ていますから。

――すると、創造自体はどこにあるのですか？

レリス　もしかしたら私は創作能力を欠いているのかもしれません。時おり私はなにか精神を昂揚させるもの――ヴェルディの歌劇『ドン・カルロス』のなかのフェリペ二世の独白にも匹敵するような――しかも同時に真理そのものであるようなもの、いやそれどころか、美しい小説を書こうと夢みたものです。一九三五年ごろ、一度試みに書いたことさえあります。とにかく第一章を書いてみたのです。あまり長くはありませんでしたが。それから書くのをやめてしまいました。中心人物は実を言うと私自身で、他の登場人物の肉付けが全然できないのです。それで、書いたものを全部破り捨てました。白状しますが、『囁音』を書きながら、ある時、自分をそんなふうに嚙み砕き、こうして際限もなく自伝を蒸し返すのに吐き気を覚えたほどです。創造力に訴えず、せめて想像力を働かせるために、ところどころ、夢の記述や詩を挿入することに決めたのです。

結局、私の作品のなかに創造を見出すためには他所を探さなければならないのです。書物の素材をなすカードや覚え書の配分の仕方など。これらの材料を相互に連結させ、巧妙な組合わせを見つけ出し、たとえば二つの事実のあいだの隠された絆を明らかにするためにちょっと筆を加えることが重要なのです。

——その種の操作の秘密を私たちに明かしていただけませんか？

レリス　画家がどんなふうにある絵を描きあげるか、自分で説明できるものでしょうか？もうずいぶん昔のことですが、『私は自分の書物のいくつかをどのように書いたか』と題されたレーモン・ルーセルのテクストを繙《ひもと》いてみて、これで彼の秘密がつかめるぞと思ったものです。しかし明白な事実を事実として認めざるをえませんでした。ルーセルはある種の地口が彼の書物にさまざまな材料を提供してくれることははっきり述べていますが、なぜまさしくそれらの地口を作るのかは（しかもそれがひどいこじつけであることが多いのですが）説明していないのです。あるいは、こういうふうに使うのはなぜか、なぜ他の形では使わないのかなども説明していません。……ようするに本質的なことは書かれていないのです。私はまるで、手品の種を明かしてみせようと言いながら、またしても観客を煙に巻く手品師を見ているような気がしたものです……

（一九七三年一月に録音され、一九七六年二月十三日付の《ル・モンド》に掲載された対話）

クロード・レヴィ＝ストロース

——私のなかには画家と細工師がおり、たがいに仕事を引き継ぐ

Claude Lévi-Strauss

一九〇八年生まれ。文化人類学者。ブラジルとアメリカで長く教鞭を取ったのち、一九五九年以降コレージュ・ド・フランス教授。七三年にはアカデミー・フランセーズ会員に推挙された。直線的な進化論やマリノフスキーなどの主張した機能主義と袂をわかち、彼は人類学に新しい方法論を導入し、いわゆる《構造主義》の重要な思想家のひとりとなった。社会がコミュニケーションに基いて成り立つ以上、音韻論や構造言語学など、言語学のもっとも新しい形態のみならず、コミュニケーションに関する物理学的・数学的研究からも教訓を引き出すべきであるというのが彼の主張であった。人類学という限定された領域をこえて広く思想的影響を与えた著作として、『親族の基本構造』（四九）、『悲しき熱帯』（五五）、『構造人類学』（五八）、『神話論理』Ⅰ～Ⅳ（六四―七一）などがある。＊二〇〇九年死去。

私の唯一の規則は、ただの一日たりとも何行か書かずには過さないということです。ある時は午前中、ある時は午後、私は研究所と自宅に仕事を振り分けます。あらかじめ明確なアイディアをもって本を書きはじめるということは決してなく、あるのは問題の予感だけなので、私の仕事はその問題を掘り下げることから成っています（いま現在の問題は、さまざまな神話のなかで、ある型の肉体損傷とあるタイプの家族関係のあいだに照応関係が成り立つように思われるという問題です）。

――最初の予感から書物が書きあげられるまで、どんなふうに進められるのですか？

レヴィ＝ストロース　すべては無数の書物との差し向いの対話からはじまります。『親族の基本構造』を書くのに、私はほぼ七千点の著作や論文を読破しました。今日では刊行物の量が膨大すぎて、とてもひとりの人間では読み切れなくなっていますが、ある時期、たとえば一九四〇年から五〇年にかけては、民族学の分野で刊行されたものを私はなにひとつ見逃さなかったと言ってもいいと思います。私の書棚を見て下さい。ここに並んでいる数千冊の書物は、長年たえず私が一緒に暮したものなのです。表題を探す必要さえないことがしばしばあります……。書物の背を見ただけで、その外貌だけで、なにが書いてあるかすぐわかるのです。

読書カードの段階のあとに、講義ノートの段階が来ます。高等教育に携わるようになっていらい、私の書くものと教えることを切り離すことはできません。問題はそれを文章化することによって自分で試してみると同時に、聴衆に話すことによってその反応を見ながら試行することなのです。十中八九、私は自分の錯誤に気づきます。しかし馬鹿げたことでも言えるというのは、いわば講義の特権なのです。私が学生にテープレコーダーの使用を禁じているのはそのためです。

そして最後の段階、つまり執筆の段階にいたって、自分がなぜ何年もまえからある問題を研究し、教えているか、その理由を発見する瞬間が訪れるというわけです。

――フィールド・ワークのことは仰言《おっしゃ》いませんでしたね。民族学者にとってそれはもっとも重要なものではないのですか？

レヴィ＝ストロース　その点については、いいですか、私はちょっと意地悪な何人かの批評家が言い張っている以上の時間をフィールド・ワークに費しているんですよ。一九三四年から三九年までブラジルにいた時、ちょっとでも暇があればすぐ内陸に入り込んでいました。最初は数日間、やがて数週間、数ヵ月の旅の繰返しで、合計すれば優に二年を越える期間を、さまざまな種族に関するフィールド・ワークを行なったことになるはずです。しかし、こんなことを告白するからといってちっとも恥かしいとは思いませんが、現場ですごした私の時間は、仕事自体よりも、いかに仕事すべきかを習得することに費されました。哲学を職業とする人間として、私はまだ人間によって触れられていない自然を発見するために民族学研究に飛び込んだのでした。ところで、フィールドまで辿り着くためには、絶えず形を変えて立ち現われる一連の行政的・政治的障害を乗り越えなければならないことに私は気がつきました。今日の世界は、人間のいない自然、あるいは、いまもって自然を尊重するすべを知っている人々——未開人たち——の住む自然（それはやむをえざる次善の策として受け容れてもよいものですが）への接近にたいして、あまりにも高価な代償を要求するのです。

それに、他の科学の場合と同様、民族学においても、実験者のための場と理論家のための場があるのは当然のことです。過去五十年間に蓄積された観察記録の量はまったく膨大なものなので、誰かがそれを整理し、解釈することに専念しなければならないのです。

それでは資料としてセカンド・ハンド［間接的］になるではないかと人は言うかもしれません。しかし神話の例をとってみましょう。私は方法上の原則としてこう考えたのです、神話の叙述形態には良いものも悪いものもない、ひとたびそれが語られ、収集された以上、すべての叙述形態が同様に信をおくに足る、と。この原則の有効性は非常に多くの結果によって立証されているので、それらの資料を幅広く信頼しても、組織的に疑ってかかる場合より間違いを犯す可能性が多いとは言えないのです。

——執筆という仕事自体について話していただけますか？

レヴィ＝ストロース　私のなかには画家と細工師がおり、たがいに仕事を引き継ぐのです。カンバスに向うまえにデッサンする画家のように、最初の段階では、まず書物全体の草稿をざっと書くことからはじめます。そのさい自分に課する唯一の規律は決して中断しないことです。同じことを繰返したり、中途半端な文章があったり、なんの意味もない文章が混っていたりしても構いません。大事なのはただひとつ、とにかくひとつの原稿を産み出すこと。もしかしたらそれは化物のようなものかもしれませんが、とにかく終りまで書かれていることが大切なのです。そうしておいてはじめて私は執筆にとりかかることができます。そしてそれは一種の細工に近い作業なのです。事実、問題は不出来な文章をきちんと書き直すことではなく、あらゆる種類の抑制が事物の流れを遮らなかったら、最初から自分が言っていたはずのことを見つけることなのです（心中ひそかに私が参照するのはシャトーブリヤンとジャン＝ジャック・ルソーです）。山のような著作や辞書に囲まれて

（辞書を手許においておくのは、未知の単語を発見する楽しみのためだけということもありますが）、私はまず手はじめに初稿のあちこちを抹殺し、あるいはさまざまなサイン・ペンや色鉛筆を使って行間に加筆したりします（そのために初稿は行間を広くあけてタイプで打つことにしています）。あらかじめ色を選ぶようなことは決してしません。それは何か取消しのきかないことをすることになるはずですから。原稿が解読不可能な状態になると、不要な部分を白く塗りつぶし、さらに加筆訂正できるようにします。この操作も不可能になると、切り取って原稿に貼りつける小さな紙切れを使って、書き直すべき部分を書き直せるようにします。ようするに仕事が仕上った時には、紙切れが三枚も四枚も重ね貼りされていて、ほとんどある種の画家たちのコラージュに似たものになっているのです。

だからといって私が本全体の構成を問題にしていないなどとは思わないで下さい。ただ、もしこう言ってよければ、それは文学的であるよりもむしろ《音楽的》なのです。『悲しき熱帯』の例をとってみましょう。私はこういう非難を浴びました——「この書物はある主題から別の主題へと飛び移る。この本は、書かれた速さ（四ヵ月）を感じさせる」。とはいえ、あの本を書きながら、私はまるでオペラの作曲でもしているように感じていました。あの本のなかで自叙伝から民族学に移行する箇所は、レチタティーヴォ［説明的］とアリア［叙情的］の対立に呼応しています。南アメリカからアジアへの飛躍は、歌唱部とオーケストラによる間奏部の交替に相当します。

私がいつも音楽を鳴らしながら仕事することは、もう申し上げるまでもないでしょう。音楽は（歌劇か交響曲に限りますが）外界と私のあいだの遮蔽幕になってくれます。実を言うと、本当に聞いてはいないのです。特にそれが気に入れば別ですが、そんな時には仕事をやめてしまいます。それにしても、十五年ほどまえの《フランス・ミュジック》（かつてのフランス国営放送ORTFの音楽専門番組）を私がどんなに懐しく思っているか、とうてい口では言えないほどです。あのころは、いっさいお喋りなしに音楽だけを聴くことができましたからね。

――民族学者としてあなたは構造主義の創始者なわけですが、利用なさるさまざまな神話をどのようにして結びつけられるのですか？

レヴィ＝ストロース　錯覚のメカニズムをご存じでしょう。しばらくのあいだ視覚を狂わせるものにじっと目を据えておく必要があるのです。すると突然それが逆転するのが見える。上り階段に見えたものが下り出したり、左巻きに見えた螺旋が右巻きになったりします。神話の場合もそれと似たようなことが起るのですが、ただ鳥が卵をかえす時のように、もっと長い時間抱えていなければなりません。まず第一にそれらの神話を暗誦できるようでなければなりません（一見したところ頭も尻尾もないような話なので、それは容易なことではありません）。神話が裏返され、その内部構造や他の神話との関係が明らかになるのは、何度となくそれらを読み返し、休ませ、濾過したあげくのことなのです。

たとえば、煙草の神話が文化の彼方を目ざす進歩をあらわすように思わせるある細部が、蜂蜜の神話が自然への後退をあらわすように思わせる他の細部の正反対であることを発見するのに、私はどういう過程を辿るのでしょうか？　それはちょうどトランプの独り占いのようです。つまり最初は偶然に支配される配り札を、あるいは印によって、あるいは色によって、あるいは数の多い順に並べ直すのです。最初私は自分のカードを、恣意的に、もっとも簡便なレッテルに従って、いくつかの箱に分類するだけです（たとえばアメリカ・インディアンの神話思想のなかで隠元豆の果す役割が問題なのであれば、私は《アメリカのピタゴラス》と書きます［ピタゴラスは豆を人間の霊魂と関わりのある神聖なものとし食べることを禁じた］）。そしてもう書き出せる、書き出すべきだという気がしてきた時、私はそれらのカードをすべてふたたび取り出し、テーブルの上にひろげます。そしていくつかの山にわけます。いろいろな山をどう配列したらいいかを考えます。いくつかのテーマを結ぶ廊下や通路が目に見えてくるまでその作業が続きます。そこでカードをそれらの廊下ごとに改めて分配し直すわけです。そういった寄せ集めがいくつかできてはじめて（『親族の基本構造』の場合にはそれが十ほどできましたが）、書物の全体構造が描き出され、あるひとつのプランに達するというわけです。それは抽象的な思考の産物ではなく、まさに手仕事によって産み出されたものなのです。

　重要なのは、いかに微細なものであれ、ひとつでも細部を忘れてはならないということです。なぜなら構造分析においてはすべてが意味作用を荷わされており、すべてを理解したのでなければなにも理解していないのと同じことだからです。

――それ以外の経路を想像することはできないものでしょうか？

レヴィ＝ストロース　もちろんできます。神話群をグラフにあらわそうとすれば、そのグラフのある点から他の点への経路はあまりにも多いので、結局は解こうにも解きようのない複雑な模様が描き出されてしまうでしょう。ソシュールが生涯の一時期、『ニーベルンゲン』を研究した時に遭遇した災難がまさにそれでした。何年ものあいだ彼はノートをとり続けたのですが、しまいにはテーマの交差や交錯がふえすぎて、彼の資料はどうにも手がつけられなくなってしまったのです。結局彼は書物が書けませんでした。私自身『神話論理』を書きはじめた時、ソシュールのこの失敗のことが頭から離れませんでした。どんなことがあっても彼の轍を踏んではならないと思いました。そこで私はある決心をしました。四巻目の、そして最終巻の材料は、講義にすれば本来なら七年か八年かけるべきものなのですが、結論的にそれを凝縮するために、三年間で話しおえることにしたのです。そして、他の経路、他の選択の可能性については、それを粗描するにとどめました。

経路はどうでもいいのです。すべてが相互に関連しあっており、神話の世界は丸いことがわかっている以上、ある道をとっても別の道を選んでもいいのです。結局はいつも自分の家に帰り着くのですから。　（一九七四年六月二十一日）

フランソワーズ・マレ＝ジョリス

——人から聞いた話を利用する

Françoise Mallet-Joris

一九三〇年、ベルギーのアントワープに生れ、二十一歳で処女作『修道女の城壁』（邦題『春の訪れ』）を発表。ある若い娘とその父の愛人との同性愛という大胆なテーマを扱って物議をかもしたが、同時に、古典的な構造と写実的な描写力は最初から注目を浴びた。一九五八年『天上帝国』によってフェミナ賞を受賞。現在アカデミー・ゴンクールのもっとも若いメンバーのひとりである。社会や個人の《嘘》を告発するにせよ、神との出会いの困難さを語るにせよ、幼年時代に辿った素晴しい道を回顧するにせよ、あるいは彼女自身のことや家庭生活のことを語るにせよ、彼女はつねに現実との絆を保ち続け、明晰な言葉で語り続ける。ただ多くのリアリズム作家と彼女を区別するのは、その視線のみずみずしさである。素朴な驚きと理解への意志との混在、それこそが彼女の資質であり、作品の正確さと魅力とはそこに由来すると言えよう。

＊二〇一六年死去。

私はエクリチュールの理論などはもっていません。そういう理論をもっていると称する作家たちは、あとからでっちあげるんじゃないかしら。

私にとって大事なのは、胸を締めつけるような不安と戦うことです。新しい小説にとりかかる時、原稿用紙をまえにして「さあまたはじめるんだ」と思うことは決してありません。ものを書く人間の姿勢をとり、頭に浮ぶよしなしごとをまず自分だけの手帳に書きとめるんです。

かなり書き進んだ時でさえ（書き出して何日かたったころということですが）、最初から仕事に没頭することは決してありません（毎日七時半から十二時半まで。ただし日曜は除いて。さもないと一日中機嫌が悪いんです）。私は一種の用心から、二十分ほど朝刊を読んだりしてのんびりします。以前は《リベラシオン》［中道左派系日刊紙。一九七四―］を読んでいました。あの新聞は、私の内心の確信に合致するものでしたし、三面記事的な出来事のすばらしい鉱脈だったからです。自分のイデオロギーと趣味とを分離せざるをえなかったので、今では、勇気のある日は《コチディアン・ド・パリ》〔右派系日刊紙。一九七四―九六〕を、他の日には《ロロール》〔中道右派系日刊紙。一九四四―八五〕を読みます。《フランス＝ディマンシュ》〔ゴシップ系週刊誌。一九四六―〕を読むことさえあります（もっともそれは田舎にいる時だけですが）。

――そういう条件のなかで、あなたの小説はどんなふうに生れてくるのですか？

マレ＝ジョリス　新しい書物を書きはじめる時、「お前はとにかくこれまで十二冊か十三冊、本を出すのに成功したんだから、十四冊目が書けないはずはない」と考え、自分にそう言いきかせても無駄で、最後まで書き通せないのではないかという恐怖がつねにつきまとうので、私は原稿を休みなく一気に書いてしまうんです。

　したがって私の仕事の第一段階は――それがいちばんいやな段階ですが――主題の萌芽のようなものが見えはじめるとすぐ（『アレグラ』の場合、最初考えたのは、身障児をめぐってなにかしようということでした。アレグラ自身がやがて身ごもり、中絶し、それがうまく行かず……ということは全然わかっていませんでした）、自分の注意を非常に強くあることに集中しながら、冒険の道に踏み込むことです。それはいささか、もしこう言ってよければ、どこかになにか忘れものをして、どうしてもそれを見つけ出さなければならない時に似ています。

　あらかじめプランを立てて仕事するなどということはなくて（『嘘』〔一九五六年刊〕まではプ

ランを立てていましたが、プランそのものにひどく時間がかかり、結局は私を拘束する役割しか果しませんでした）、私は直観だけを頼りに書き進めます。とはいっても、偶然まかせというのではありません。布を引き裂く時、まっすぐ裂けるか斜めに裂けるかがあらかじめ勘でわかるのと同じように、書き進めながら途中で出会った矛盾や弱味を私は十分意識しているのです。しかしだからといって、そこで足踏みするなどということは問題になりません。それと同じく、筋を変えるとか、ある場面を付け加えたのに、明らかにそれはどこか別の場所にあるべきだとかいうようなことが起れば、それは仕方のないことです。

さっと一度読み直して、登場人物たちの職業だの性別だの髪の色だのをそれぞれきちんと直す――ということは、書き進める途中でそれがちぐはぐになってしまったような場合ですが――そういう操作を了えると、そんな状態の初稿に、あとからプランを与えるという義務にとりかかります。ふつう初稿は二百五十頁から三百頁ぐらいあります。

私の仕事のこの新しい段階は、しばしばひどく長くかかるのですが、テクストを鋏で切りわけることから成っています。そしてそれを場面ごとに仕分け、場合によっては順序を入れ替えます。ここは説明の場面、あそこは描写、ここは筋の運び、あそこは会話の場面というふうに……全体が一種音楽的な均衡を見せるようになるまでその操作を続けます。あとは、さまざまな断章のつなぎ目が目につかなくなるまで、何度でも必要なだけ原稿をタイプで打ち直せばいいのです。

――仕事場として特にお好きなところはありますか？

マレ＝ジョリス　一家の主婦であり母親であると同時に小説家でもある場合、邪魔されずに書くことに成功するのは至難の業です。家に残っていれば、五分ごとに子供たちとか、昼食に仔牛の肉を買う必要があるかどうか知りたがる家政婦とか、電話のベルとかに中断させられます。

はじめての子供を産んだのはパリでしたから、私は非常に早くから、カフェに行って書く習慣を身につけました。騒々しいといえば騒々しいのですが、自分とは無関係なので、騒音に邪魔されるということはありません。『春の訪れ』はヌーイのカフェで書いたものですが、そこは三連勝式の馬券売場も兼ねていました。そのざわめきがむしろ私の眠気を追い払ってくれたほどです。その後パンテオンのそばに住むようになってからは、リュクサンブール駅と同じ建物のなかにあるカフェで仕事しました。郊外電車の騒音にもかかわらず、そこは理想的な場所でした。そのカフェの親父さんというのが一風変った人で、ミルク入りコーヒーを頼むたびに、客を追い払うようなことを言うんです――「ほかになにか？」というわけ。だから客がいっさい寄りつかなくなっていたんです。六八年五月のあと、ジャコブ街に住むようになってからは《ドゥ・マゴ》を使ったことさえあります。正午まえに引き上げさえすれば、あそこもとても静かな仕事場なんです。

子供たちが大きくなってからは、以前にくらべると家で書くことが多くなっています（ただし怠け心が本当に強い時は別で、そんな時はやはりカフェに逃げ込みます）。でも、仕事しているあいだ周囲で物音がしないのは堪えられないので、その反動として私は仕事の方法を変えなければなりませんでした。昔は初稿は手で書き、それをタイプで打ち直していたのですが、家で書くようになってからは直接タイプで打つようにしました。タイプの音が私を落着かせてくれるのです。

付け加えておくと、私がもっとも好んで仕事する部屋は台所です。そこに、本物の仕事机よりはるかに便利なテーブルが置いてあるのです。仕事机というのは古い家具で、父がプレゼントしてくれたとてもきれいな机なのですが、あまり低すぎて、これまでのところそれに合う高さの椅子が見つからないんです。それに子供たちが大きくなってから、私は台所をすっかり改造して近代的な感じにしました。それで、家具は眺めるだけで満足しています。誇らしく思うことさえあります。それだけでもすでに本当の喜びなのです。

――書きはじめたころに比べて、あなたの仕事の仕方は変りましたか？

マレ＝ジョリス　以前よりすこし速く書く傾向が出てきたように思います。できればもっと速く書きたいほどなのですが、私には言わなければならないことがありすぎるので、それだけでもかなり動きが鈍くなってしまうんです。ペンをとるたびに、無数のオブジェが同時に立ち現われるのです。打ち直しながら、私はあれやこれやを抹殺するのに時間をつぶすのですが、時としていささか説明過剰で、筋の運びが緩慢になるのはそのためなのです。

私がとても勤勉なのは事実だとしても、いわゆる凝り屋では全然ないことは申し上げておきたいと思います。「《彼女は緑色のハンドバッグを手に取った》と書くかわりに《彼女はハンドバッグを手に取った、緑色の》と書くほうがずっといいんだけれど」などと考えて何時間もすごすほど辛抱強くないんです。ある部分の形が気に入らないのは、その内容自体がよくないからだと私は思います。そんな時には言葉をひとつひとつ吟味して直すよりも、その部分全体をそっくり別のものととりかえてしまいます。逆に内容がいいと思えるなら、だいたいはうまくいくわけです。

私の欠点は、とかく脱線しがちだということです。たとえば殺人でもいいんですが、なにかひどくドラマチックな場景を語る場合、私はそういう事件の起った部屋の壁紙の色まで描写せずにはいられないんです。

とにかく、自分の声に耳を傾けたりすれば、私の書く小説はどれも二千二百頁ぐらいのものになってしまうでしょう。ですから、私はまだ自分の短所を長所に変えるほどの自己抑制力を備えていないので（四十五歳というのは作家としては若いほうですから）、私はいつも目のきく友人の意見を求めることにしています。たいていは、マチュー・ガレー

［作家、批評家］に原稿を見てもらいます。彼は冷厳な判断力の持主で、いつも私にこう言います——「とても良く書けている。しかし、しかじかのあたりからは長すぎるな」と。読者があるテクストを長すぎると思うということは、しばらくまえから退屈していたということにほかなりません。ですから私はいつも彼の批判した条りよりすこしまえから切るようにしています。そういうわけで、稿を改めるたびに私の小説は《あら皮》のように縮ってしまうのです。

——あなたはどちらかというと写実的な作家ですが、一冊の書物を書きはじめるまえに、ある調査《アンケート》に没頭するといったことがありますか？

マレ＝ジョリス　できればやってみたいのですが、私にはそんな勇気はありません。それほど良心的な人間じゃないんです。

自分自身の目で見るものよりも、周囲の人の話のほうがはるかに霊感を与えてくれます。それは異化作用の問題なんです。誰かが別の人の話をする時、私にとっては当の話相手よりその別の人のほうがはるかに具体的で、生き生きと感じられるんです。そういうわけで、『春の訪れ』は、十二歳ごろ、ある同級生に聞いた話から生れたものです。父親が再婚したその娘は、未来の義母が自分に興味を抱いていると思い込んでいました（とはいっても小説に描かれたように、激情的な形ではありませんでしたが）。その女性が最初自分に興味を示したのはもっぱら彼女の父親と結婚するためだったと知って(もしかしたらそう思ったのは間違いかもしれませんが)、彼女はくりかえしその時の失望を語ってやみませんでした。『アレグラ』の場合も、身障児をもったある友人の話がきっかけになっています。

私は人の話を聞くのが大好きです。ふつう、聞くより話すほうが好きだという人が多いので、私はなんの苦労もなく小説の材料を集めることができるわけです。

(一九七六年十二月三日)

J・P・マンシェット

――あまり長いあいだ人を殺さずにいてはいけない

Jean-Patrick Manchette

一九四二年生まれ。暗黒小説の《若い狼たち》と呼ばれる作家のひとり。七三年、ガリマール社の探偵小説叢書《セリ・ノワール》の一冊『狼が来た、城へ逃げろ』によって推理小説大賞を得た。作品としてはほかに『死骸を日干しにしろ』（七一）、『エヌ・グストロ事件』（七一）、『地下組織ナーダ』（七二）、『死体置場は満杯』（七三）などがある。このうち『狼が来た、城へ逃げろ』と『地下組織ナーダ』は映画化されている。学生時代は映画館に通いつめていたといい、対談のなかでも言及しているように、アメリカ映画から強い影響を受けた。作家になるまえはシナリオ・ライター、ポルノ映画の助監督、《セリ・ノワール》に収めるアメリカ推理小説の翻訳、労働組合の事務員など、転々と職を変えた。彼は《セリ・ノワール》を《赤旗》に変えようとしたと言われるが、学生時代に新左翼のひとりとして六八年五月を経験したことがその背景にある。＊一九九五年死去。

仕事の方法なんて、ちょっと大仰すぎます。なにしろ私は作家とはいっても、なりたてのほやほやですから。長いあいだ私の唯一の気がかりは、食料品屋の次の勘定書を払えるかどうかということでした。私に注文がくるのは、はっきりした仕事ばかりでした。少年向きの小説、ポルノ映画のシナリオ、翻訳、事故防止のための短篇映画……私はこなしてきたのです。ひたすらボスの気に入ろうと努力しながら。というよりはむしろ、食うのがやっとという状態だったおかげで、一種の処世術を身につけることができたのかもしれません。規律とはなにかを知り、そんなものは内側にダイナマイトを仕掛けて吹きとばしてしまいたいという気持に駆られたのは、たとえば、一本のポルノ映画を、予算は最高四十万フラン、主演俳優は最高五人、背景として使えるのは一軒の別荘とその庭だけというような厳しい条件で撮らざるをえなかったからなのです。

――《セリ・ノワール》の探偵小説は、どんなふうにして作られるんです？

マンシェット　ちょっと室内遊戯に似たところがあります。これにもいくつか規則がありましてね。あまり長いあいだ人を殺さずにいてはいけないとか、適当に暴力場面をちりばめるとか（このジャンルの実業家たちは、暴力の場面と淫らな場面を交互に描きます）、冒頭に強烈な場面を描くとか。『狼が来た、城へ逃げろ』では、この規則を忘れたために、大急ぎでちょっとした殺人の場面を冒頭に付け加えなければなりませんでした。第0章というのがそれです（私は怠け者なので、数字を全部変えるのが面倒臭かったんです）。『エヌ・グストロ事件』は《セリ・ノワール》の担当者たちの顔をしかめさせました。あれは全篇内的独白から成っているんです。暴力的な場面はほとんどありませんし、三単一の規則［一つの作品が扱う時間・場所・筋をそれぞれ一つに統一すること］なんて、なおのこと守られていません。その償いに、そしてついでに古典的なギャングものもちゃんと書けることを証明するために、私はジャン＝ピエール・バスティッド［作家。マンシェットと数篇の映画シナリオを共作］と協力して『死骸を日干しにしろ』を書きましたが、あれはまったく文体の訓練そのものでした。

　私はわざと難しいテーマを選びました。周囲の限られた野良を舞台にしたのです。登場人物は、ギャングたち、サン＝ジェルマン＝デ＝プレあたりをぶらついていた元左翼の、もうろくしたインテリが数人、子供を連れて逃げている女がひとり、二人の憲兵。こういう連中を、セヴェンヌ地方の見捨てられた小さな部落に集め、その真中にホールド・アップの獲物を置きます。こういう状況設定から出発して、問題は、一方において、いつもなにかをひき起すようなちょっとした事件のリストを作りあげることであり、もう一方では登場人物がみんな鉢合わせするのを避けることでした。もしそんなことになれば連中は互いに殺し合い、話が終ってしまうからです。鉛筆を手に、バスティッドと私は、まるまる一ヵ月間来る日も来る日も暖炉のそばで、新たな局面展開の可能性を議論しました。たとえば夜になる。すると新しいことが起る。獲物の監視役の憲兵が、車のライトを取りはずして金の置いてあるその家の二階を照らす。憲兵隊のヘリコプターが到着する。そこでまた新しい展開が起る――嵐……というわけ。しかもそういったことすべてが、三千平方メートルの広がりのなかで起るんです。それはほとんど戦術遊びでした。ところで、四十頁目からは、材料として、石ころのなかを這いずりまわったり、物陰にかくれて射ち合ったりする連中しかないというのに、どうにかこうにか二百四十頁を満たすのに私たちは成功したと言わなければなりません。仕事という面ではそれはとても興味深く、時には笑いを誘うものでした。話を面白くするために、ジャン＝ピエール・バスティッドと私は、お互いに原稿を交換しようと約束していました。できれば、同じ手口で小説を四篇、六篇、いや八篇でも書き続けようとも約束していました。しかしそちらはあまりうまくいきませんでした。バスティッドのほうは、なんの問題もなく、私の原稿をきれいに清書できたようですが、私のほうはそういかなかったんです。私はまるで裏切られたような気持でした。

――あなたの小説がどんなふうに創られるのか、話していただけますか？

マンシェット　最初にあるのはつねにひとつの抽象的観念なんです。『狼が来た、城へ逃げろ』の時は、精神分析について（既成秩序がどうやら飼い馴らすのに成功したあの恐るべき武器について）、それと、ことのついでに都市計画について、なにか言いたいと思っていたんです。

『ナーダ』の場合は、問題はテロリズム批判でした（この言葉のマルクス主義的な意味で

――私は、《状況主義者たち》の雑誌の第十一号に発表された、テロリズムにたいするさまざまな立場を、一語一語文字通りに取りあげさえしました）。私はその考えを、場合によって三ヵ月、一年、あるいは三年も《温め》ます。やがて書く書物全体にぴったりした形を見つけるまで（私は、その形を端から端まで、完全にわがものとしない限り、書き始められません）。多くの場合、私はその形を映画から借りてきます。時にはアメリカの暗黒小説から借用することもあります。『狼が来た、城へ逃げろ』の場合、ヒッチコックの『北北西に進路をとれ』と、キング・ヴィダーの『摩天楼』にできるだけ近づこうと努めました。後者はアメリカの大建築家フランク・ロイド・ライトの生涯に着想を得た映画です。ところでこれは奇妙な暗合というしかありませんが、ライトは、ヒッチコックが彼の映画のスパイたちの隠れ家として選んだ別荘の設計者だったのです。

『ナーダ』はリチャード・スタークのパーカー［アメリカのミステリ作家ドナルド・E・ウェストレイクがスターク名義で執筆した犯罪小説シリーズの主人公］

の冒険から想を得たものです。この作者の小説はいずれもホールド・アップの話なんですが、そのさまざまな段階（準備、実行、内輪もめ、最後の殺しあい）が極めて写実的な寸劇にわかれていて、そのいずれもが、それぞれのジャンルのものとしては大変面白く書かれているんです。私は必要不可欠な修正を施すだけで満足しました。パーカーとはちがって、私の主人公の新左翼の連中は、店の奥の小部屋で機関銃を密売する玩具屋なんか知らないんです。しかし彼らは別の手を使います。つまり、身体検査のすきを狙って、警官の武器をちょろまかしに行くのです。

文章自体に関しても、私は一線を画します。以前、原稿の下読みや翻訳を職業としていたものですから、目にふれたものからかすめ取る習慣が残ってましてね。レーモンド・チャンドラーから借りてみたり（『ナーダ』に登場するカタロニア人が、風呂に入りながら遺書のことを考える場面で、私は、彼を描写するのに、マーロウの言葉をほとんどそのまま借用しています――「私の顔は注意のあまり、あるいは私の顔をひきつらせるなにかのためにひきつっていた」というのです）、フローベールから借りたり（『感情教育』の冒頭の、ますます非個性的になっていく描写）、あるいはロジェ・ヴァイヤンとか《ル・モンド》とか《フランスの狩人》［狩猟・釣り・DIY雑誌］とかから借りてきたり、さまざまです。

――あなたは《セリ・ノワール》を赤旗にしようとしたという噂がありました。探偵小説という枠のなかに、あなた自身の政治的メッセージをどうやってはめこむんですか？

マンシェット　フランスの探偵小説というのは、伝統的に、かなりいやらしい《男尊女卑》的な心性に頼って暮しているやくざの小説なんです。ジャン・ギャバン、プラス隠語と言ってもいいでしょう。これに反してアメリカの探偵小説は、個々人の行動の、冷徹な、しかも一見したところ道徳を無視した描写であって、人間存在の暗黒面と、そこに由来する暴力とを強調しているので、政治的立場を生じさせるための理想的な道具立てになっています。

問題は、アメリカ人がアメリカについて書くように、フランスについて書くことです。これは社会的・政治的現実についてと同様、地理的現実についても言えることです。私が好んで利用する仕事道具は、新聞の社会欄です。私にとって意味深い（そしてできることならバーレスク［戯画的］な）記事が目につくたびに、私はそれを切り抜いて、特にそのために作ったノートに貼りつけておきます。それは、政治的現実と挿話的なものを混ぜあわせる材料を掘り出すための鉱脈なのです。

『死体置場は満杯』の探偵が護民軍に入らないかと誘われる場面を覚えてますか？　私があの場面の着想を得たのは、憲兵の妻たちについてのテレビ番組と、護民兵が浮浪者を襲い、あるご婦人に乱暴さえした時の有様を述べた《ル・モンド》紙への投書のおかげでした。地理的な現実性についても同じことです。私はいつもミシュランの地図を片手に、もし出来るなら現場に出かけて仕事をします。『狼が来た、城へ逃げろ』は、はじめ、ヴァローリスで幕を閉じる予定でした。あの町の陶工の窯で、ある人物を殺すつもりだったのです。結局場面をピュイ＝ド＝ドームに移したのは、そこで夏休みを過していたからです。いずれにせよ、その場に行ってみれば確かめられるはずです。モンブリゾンの殺し合い、入口が二つあるスーパー、登場人物たちの辿った道筋など、すべてが厳密に正確なんです。『ナーダ』の淫売宿は、これに反して、自分で行ったわけではありません。シャブロルの映画技師たちが私を質問攻めにしました。「あれはマダム・クロードのところだろ。ポール＝ヴァレリー街のあの淫売宿なんだろ」……ところが実は、五年前にある仲間から詳しい話を聞いたことがあって、私はただ記憶を辿ってそれをそっくり使っただけなんです。ただ女給仕を男に変え、純潔の象徴として百合の花を付け加えてはありますが。

なお付け加えて言えば、私は明確な細部にひどくこだわるんです。たとえば登場人物のひとりが車を駐めるとして、その車が2CV［シトロエン］なのかR15［ルノー］なのかをはっきりさせずにはいられません。それは彼の生活環境ないし社会階層を同時に明示する視覚的な近道なんです。同様に、彼がケースから武器を取り出す時、マークと口径をはっきりさせておくのが重要だと思います。いろいろな夢がそこから産まれるほかに、彼がたんなるアマチュアなのか、それとも大虐殺がはじまるのか、それによってすぐわかるからです。私がいつも持ち歩く本が一冊あります。W・H・B・スミス・アンド・サンズ社発行の

『ピストルの本』です。私が作品に登場させる武器はすべて、『死体置場は満杯』のあの私立探偵のピストル、つまりベルギーのライセンスで、戦争中ドイツ人がポーランドで造ったイギリスのピストルもふくめて、すべてあの《聖書》から借りてきたものなんです。

――あなたの書物には鍵がありますか？

マンシェット　厳密な意味の鍵はありません（『エヌ・グストロ事件』の偽サルトルと偽ウフキール将軍の場合は例外とすべきかもしれませんが）。もし鍵があるとすれば、それは社会的なものです。マルセランのように振舞う内務大臣とか、より一般的に、国家として行動する国家とかいったものを登場させるのが私には楽しいんです。それは鍵なんでしょうか、それとも分析なんでしょうか？　それに自分のテクストに、実在はしないけれどもなにかを連想させるような組織を登場させるのも好きです。たとえば『ナーダ』に出てくる《肉体強化課》のように。それから、私は同じ人物を次々に別の本に再登場させる傾向があることも言っておかなければなりません。ゴエモン警視なんか、殺すのが辛かった。なにしろ意地の悪いデカなんで、つい長持ちさせたくなるんです。しかし残念ながらそれも度が過ぎました。彼を厄介払いしなければならなくなって、頭に一発ぶちこんだんですが、怒り狂わんばかりの気持でした。

――執筆する時の儀式めいたものをおもちですか？

マンシェット　ロラン・バルトと同じく、私も万年筆とサイン・ペンが好きです。サイン・ペンがすぐ太くなるのは事実ですが、ひんぱんに取りかえればすむことです。もっともサイン・ペンにもいわば二つの世代がありましてね、新しいのはもっぱら太い線を引くためのものなんです。使い古したら息子にやります。色を塗るためならまだ使えますから。私はタイプライターも使います。もっとも一本指でですが（タイプを打つのは本当に楽しみです）。それに予定表（予定表の楽しみはいろんなことをそこに書き込む時にあります）、四色刷の会計簿（税の申告と私自身の統計用）、それに日記があります。

（一九七四年五月十七日）

A・P・ド・マンディアルグ

――筆が進むのはパリとヴェネツィアだけ

André Pieyre de Mandiargues

一九〇九年生まれ。エトルリア［古代北イタリア］の芸術と文明に関心を抱き、長く中近東とヨーロッパの国々を旅した彼は、シュールレアリスムの影響のもとに、最初、詩的散文を書くことからはじめた。恐怖を巧みに制御する独特の技法は、処女作品集『みすぼらしい年々』（四三）にすでに見出される。日常的なもののかげにひそむ異様さを愛する彼は、『黒い美術館』（四六）や『狼の太陽』（五一）で、グロテスクなものと悲劇的なものをつきまぜ、《錯乱の凱歌》を創り出すのに成功した。残酷なエロティスムに彩られた幻想的な雰囲気を醸し出すのに、彼の右に出る作家はいない。『大理石』（五三）や『海の百合』（五六）などがその好例だが、六〇年代に入って長篇小説に筆を染め、『オートバイ』（六三）と『余白の街』（六七）を書いた。前者の映画化［『あの胸にもういちど』］と後者のゴンクール賞獲得が、抒情と幻想、エロティスムと夢想の作家を一躍有名にした。＊一九九一年死去。

まったく答に窮する質問ですね。次々に小説を書くなどという芸当ができないからだけではなく、私の仕事の一部はまさになにもしないことから成っているからでもあります。怠け者だという私の評判は確固たるものでしてね。私の書斎に入って来た人は、しばしば長椅子に寝ころんで、まるでまどろんでいるような私を見つけるのですよ。仕事中なんだといくら断言しても無駄で、私はその人の微笑を誘うのが関の山です。それでも、自分の精神を遊ばせるこのやり方を、地底深く働く坑夫の仕事にたとえるようなことはあえてやらないまでも、それが私の利用できるもっとも強力な創造手段なのだという主張はしておきたいんですよ。私は街なかでも仕事します。長い散歩をしながら頭のなかで物語の想を練るんです。田舎ではそういきません。夢想より好奇心のほうが勝ってしまいますから。石を持ち上げたり樹皮を剝いだりして、そのかげになにがかくされているか見るんです。あるいは昆虫や蛇やとかげの類を仔細に観察します。しかし私は本質的に都会の人間です。自分の考えを結晶させるのに大都会以上の環境はありません。群衆の往来、地下鉄、それこそがこのうえない仕事場なのです。

　言うまでもなく私は書くことが好きです。しかし容易な仕事ではありません。書きはじめるためには、無意識の夜の闇から主題が立ち現われ、私の生涯の一時期になされた配備が十分に裏付けられるように思えるほどの力をもって、却《しりぞ》けがたいものになる必要があります。ある作品の着想が浮んでから実際にそれを書き出すまで、時には数年の歳月が流れることもあります。

――すくなくとも結晶過程を促進させるための方法はおもちですか？

マンディアルグ　私が文筆活動をはじめて三十五年になります。ですから当然、仕事のやり方も以前とまったく同じというわけにはいきません。戦争中、モンテカルロで書きはじめた時、私は自分の見た夢を全部丹念に書きとめた手帳をもっていました。それは当時の私が置かれていた深い孤独のせいだったのでしょうか、それとも当時支配的だった半飢餓状態のせいだったのでしょうか？　いずれにせよ、あのころほど美しい夢を見たことはありません。麻薬はありませんでしたが、親切な薬剤師がいて、私にコーラの葉を売ってくれました。比較的乾いていないその葉を紅茶に入れて飲むのです。とても効き目があり、しかも完全に無害でした。今ではもうずっとまえから脳を刺戟する薬品の類を使うのはやめています。不幸にして年をとるにつれて、夢を見ることがますます稀になり、たとえ見ても、興味深さは次第に薄れていきます。この泉の涸渇を埋めあわせるために、私は厳格な苦行を自分に課しています。煙草もアルコールも断ち、厳密に定められた時間割を守ります。午前中は客を迎えたり散歩したりします。比較的早い時刻に簡単な昼食をとります。それからちょっと昼寝して、自分を強制して毎日午後仕事机に向います。もっともそのまえに濃い紅茶を三、四杯飲みます。ただしそれはパリにいる時だけですが。夏をすごすヴェネツィアではコーヒーを飲みます。というのも、ここで申し上げておかなければなりませんが、筆が進むのはパリとヴェネツィアだけなのです。二つとも島のような都会で、四方八方から締めつけられたみたいで、なかなかその外に出られないのです。

――それで、仕事机のまえではなにをなさるんですか？

マンディアルグ　恥かしながらごくわずかのことしかしません。文章をいくつか、単語をいくつか書きつける――それが午後中かかって得られる結果なのです。白い紙のまえで午後中過ぎてしまうのでなければ……いや正確に言えば緑色の紙のまえで。というのも私は緑の紙か、場合によってはピンク色の紙しか使わないからです（それは文士の気まぐれなどではなく、ようするに目の疲れを減らすためです。とても目の弱かったコレットも白い紙は避けていました）。

どうしても書けない時にも、ある方策は残っています。ヴォルテールの短篇を二十頁ほど読むことです。『カンディード』でも『ザディーグ』でも『バビロンの王女』でも、ようするにどれでも構いません。私はポーランを現代フランスのもっともすぐれた作家と思っているのですが、たとえばそのポーランではなくて、なぜヴォルテールなのか？　それはポーランがあまりにも独自な精神の持主なので、形から気がそらされてしまうからです。そういう点から見ると、ヴォルテールは完全に無害です。ついでにあげればピエール・ロチの文章のいくつかも、その点では有効かもしれません。彼はとどのつまり馬鹿でしたが、文体という点では比類がありませんから。

いずれにせよ、私には一気に書きあげるということはできません。私は近視の人のように極細のペンで書くのですが、望ましい完成度に達するまで、何度でも書き直します。頁があまりにも詰りすぎると、まるめて屑籠に捨ててしまいます。ですから、私がいつも頼むタイピストに渡す原稿にはほとんど抹消した部分はありません。自筆原稿の愛好者にはお気の毒ですが、彼らのために保存する原稿はそういうものなんです！　新聞のために書いた原稿でも私は送り返してもらいます。エリュアールもブルトンもバンジャマン・ペレも自分たちの原稿を四回は書き写していました。そしてそれを売るのです。私自身は怠け者なのでそんなことはしませんがね。それに愛好者のためなら、捌ききれないほどの原稿が抽斗につまっています。

――夢から生れたあれらの作品に、その特徴ともいうべき明確さをどうやって与えるのですか？

マンディアルグ　私は自動記述を信じないのと同じく、自分の夢をそのまま書いたと言い張る作家たちも信じません。ブルトンやエリュアールが入念に推敲を重ねていたことを私は知っています。それに、私が長いあいだ私の物語を飾るイメージを自分の夢に求めていたことも、タイピストの打ち間違いが偶然作り出した言葉遊びまで利用したことも事実ですが、今の私は偶然をいっさい無視し、決然たる探求に賭けています。『余白の街』にみられる風変りな言葉やイメージは、それらのもつ固定観念的な象徴作用のゆえに考え出され、選びとられたものなのです。私は物語の筋の展開する場所の観察という仕事に没頭します。『オートバイ』に出てくるハーレー＝ダヴィドソンに馴れ親しむために自分で運転してみましたし、そればかりではなく、女主人公の走る道を五回も車で往復しました。

実を言うと私の場合、執筆という仕事の本質的な部分は、それが小説であれば文章の音楽的探求から成っており、詩であれば辛抱強い言語の結晶化から成っているのです。それはいわば深い奥底から浮き上ってきた泡のようなもので、言葉の順序が不動のものになる時まで、完成したとは見なされないのです。私の言語体験は短篇の場合、はるかに押しつめられます。私は短篇というジャンルにことのほか愛着をもっています。というのも八頁ないし二十頁というスペースで、相当のことができるからです。とりわけ『サビーヌ』の場合、私は自分に強制して、過去に向けられていない文章はただの一行も書きませんでした。そうはいっても《フラッシュ・バック》とはなんの関係もありません。それはむしろ逆に映した映画を思わせます。とても奇妙な文章になるのですよ。しばしば私はシュールレアリストやドイツ・ロマン派の後胤《こういん》と定義されますが、私個人としては《ヌーヴォー・ロマン》にとても近い位置にいると考えています。ビュトールの『心変わり』はとても私の気に入った本です。もし彼がいなかったら、『オートバイ』は書かれなかったかもしれません。

——つまり、霊感に頼って仕事する職人が、物事を予見し組織する技術者に変ったというわけですね？

マンディアルグ　いや幻想を抱いてはならんのです。作家の悲劇は、自分の仕事を決して自由にできないということなのです。文学的創造は妊娠に似ています。緩慢でデリケートなのです。非常に用心深くなければなりません。ちょっとした事故でもたちまち流産してしまいますから。

（一九七〇年四月二十五日）

パトリック・モディアノ

――嘘をつく術を習得すること

Patrick Modiano

一九四五年生まれ。フランスの最も若い世代の作家のひとり。一九六八年、二十三歳の時に発表した『エトワール広場』でロジェ・ニミエ賞とフェネオン賞を得た。その登場ぶりはソレルスやル・クレジオにも劣らぬほど華々しかったが、同時にこれほど多くの文学賞を一身に集めた作家も珍しい。すなわち七二年の『パリ環状通り』に対してアカデミー・フランセーズ小説大賞が与えられ、さらに七八年には『暗いブティック通り』によってゴンクール賞を受けた。作品としてはほかに『夜警』（六九）、『淋しい別荘』（七五）、『家族手帳』（七七）など。またルイ・マル監督の映画『ルシアンの青春』のシナリオを執筆している。これらの作品の多くが第二次大戦中の《占領時代》を背景としているために、彼を《回顧趣味》の作家とみる向きもあったが、本領はむしろ集団的無意識の探索と自己同一性の追求にあり、暗示に富む文体の美しさは注目に値する。＊二〇一四年、ノーベル文学賞受賞。

僕がどうにかものを書けるのは、神経が昂ぶっている時だけです。やすやすと書けるのだったら、僕ももしかしたら、比較的早く寝て、もっと安定した形で、朝、仕事するかもしれません。不幸なことに、執筆は僕にとって、くたくたに疲れると同時にうんざりする仕事でもあるんです。といって現実の生活だけでは満足できないし、もし書くことを諦めたらひどく不幸になるにきまっているので、僕には選択の余地がありません。心を決めて異常な生活を送らざるをえないのです。

ふつう午前中は眠っています。そして夜仕事をします（真夜中から朝の四時半ごろまで）。といっても、その間ずっと書いているわけでもなくて、疲れた時には新聞を読んだり古い年鑑をぱらぱらめくってみたり。そして突飛な苗字を見つけたりすると、突然また想像力が刺戟されるんです。

重要なのは、ひとつの小説にとりかかっているあいだは――七ヵ月か八ヵ月――リズムを厳格に守ることです。たとえヴァカンスの最中でも、たった一晩気をゆるめるだけで、怠け癖に負けてしまうのが自分でわかっているんです。そうするとたちまち筋道を見失ってしまいます。

――一日の仕事の予定を立てますか？

モディアノ　その点についてはまったく滅茶苦茶だと言わざるをえません。自分がどこにいくのかさっぱりわからないんです。車のライトで風景の見当をつける運転手のように、僕は順々に自分の道を見つけていくんです。たとえばシャルル・プリニエは、小説を書きはじめるまえに、ちょうど映画を撮影する時のように、すべてを予見した百五十頁もの文字通りのシナリオを準備していましたが、そういうふうにあらかじめプランを立てて仕事することは、一見したところ、非常に魅力的な方法に思われます。しかしそれはおそろしく危険でもあります。なぜなら実際行動に移れずに終ってしまう危険があるからです。僕の場合、書く決心を固めるのに何年もかかるのではないかという恐れがあります。ですから僕は、煉瓦をひとつひとつ積み上げて家を造るように、小説を一句一句築きあげていくほうをとります。

逆に、後戻りするとか、書き直して第二稿を作るとかは全然問題になりません。一句一句が決定的なものでなければならないのです。そうでなければ僕は書き続けることができません。もちろんそれにはひどく時間がかかります。ひとつの文章を仕上げるのにまる一日かかることもしばしばです。書いては消し、書いては消しの繰返しで、たったひとつの文章を果てしなくボールペンで書き直しながら、紙を何十枚も使ってしまうことさえあります。

――そんなふうに、霊感にまかせて書きながら、どうやってあなたはご自分の小説に統一性を与えるのですか？

モディアノ　本を書いているあいだじゅう、僕を導いてくれる小さな音楽のようなものがあるのです。問題は美辞麗句ではありません――シャトーブリヤンばりの、あるいはモーリス・バレスばりの文章を書こうとは思っていません。むしろできるだけ文章を短くしようと思っています――問題はリズムを失わないことです。連続性を保持するために、ほとんど文章ごとに、すでに書かれた部分を読み直さなければなりません。

筋自体に関していえば、ちょうど双眼鏡のピント合わせのような感じです。最初はなにもかも漠然としています。すべてがぼやけているのです。やがて、登場人物のひとりが《私》と言い出す瞬間が訪れます（書き出しの一句を正しく選ぶという幸運に恵まれていれば、その瞬間は非常に早くやってきます。さもなければ三十頁ないし五十頁書き進んだころに）――すべてが明瞭に見えてくるのはその時です。その後に生じるのは、繰返しあるいは瓜二つの文章という問題です。ひとつの文章を書く、そしてもうひとつ別の文章を、さらにもうひとつ。ところが、それがいつも同じ文章だということにやがて気がつくのです。しかしそれはさほど重大なことではありません。余計な文章を二つ消しさえすれば、すっきりするのですから。あるいは、それぞれ違った名前をもつ二人の登場人物が、実はひとりでしかないことに気づくこともあります。

この場合も射角を正すのは簡単です。ひとつ例をあげましょうか。『パリ環状通り』に、主人公が父親と散歩しながら、切手市場に行く挿話があります。初稿では、それが父親ではなく、兄弟のように似たもうひとりの人物ということになっていました。二つの名前を一緒にしたら、もっとずっとはっきりしたんです。

結局、いっさいの問題は、できるだけ圧縮しようと試みることに尽きます。小説にはいつも夾雑《きょうざつ》物がかなり含まれているものです。四分の一、場合によっては半分ということさえあります。ですから、小さい書物を書けば、六百頁の本より目減りは当然少なくなります。読者が読書にあてられる時間が次第に少なくなっている時代には、一気に読めるようなものにしなければなりません。

——これまで発表された三篇の小説では、物語の筋は占領時代を背景として展開されます。あなた自身は一九四七年のお生れですね［当時の自称。のち四五年と自ら修正］。ところがあなたの作品を読んでいると、まるであなた自身があの時代を実際に生きたかのような印象を受けます。その秘密は？

モディアノ　いいですか。僕を魅了するのは占領それ自体ではなくて、全く別のものなんです。僕の目的は、一種の黄昏の世界を表現しようと試みることなんです。僕が時代背景を占領時代に設定するのは、あの時代がそういう理想的な雰囲気、ちょっと曇りかげんの雰囲気、ちょっと奇妙な光を提供してくれるからです。しかし実は、それが、今日起っていることを極端に拡大したイメージにほかならないのです。

あの時代を再現するための方法？　歴史書に頼るということはありません。そういうことはむしろ漠然としているほうがいいんです。あまりにも多くの問題を提起することは避けなければなりません。そうではなくて、ちょうど撮影にとりかかるまえにロケハンする映画作家のように、現場を仔細に調べることによってなのです。実際、僕の想像力は本質的に視覚的なものだという事実があります。僕は映画中毒にかかった世代の人間です。それ以前の世代に比べて、僕たちの世代がはるかに修辞的でないのは当然なんです。ある部屋にいる何人かの人物を想像するやいなや、僕には彼らの動きや変化が見えてきます。家具の類まではっきりと目に映ってきます。僕の場合、小説を書くためには、物語の展開を一定の場所に位置づけることが絶対に必要なんです。最初は、設定された枠が、必ずしも表題と一致しないこともあります（僕の小説の題がいつも地形学的な響きをもっていることは事実ですが）。『エトワール広場』の場合、僕にその着想を与えたのは、パリよりもむしろボルドー（レ・シャルトロン（ボルドーの中心地区、ぶどう酒商の店が多い）とフランソワ・モーリヤック）であり、ウィーン（オーストリア＝ハンガリー帝国、僕が最初に知ったゲルマン族の都会）でした。『パリ環状通り』の場合はバルビゾンです。『夜警』はパリの十六区。あそこは今はいかにもブルジョワの町らしく見せようとしていますが、僕の目には全く別様に映るのです。あのあたりには一風変った一九三〇年代の家や、まるで打捨てられたような大邸宅がたくさんあります。占領時代、そこがゲシュタポの将校たちやいかがわしい女たちの巣窟だったことを知る時（かつて身の毛のよだつようなことの起ったポンプ街のある建物のなかを見る機会がありましたが、浴室は当時のまま残されていました。幻覚としか思えない光景でした）、それはひどく神秘的になります。夜、街路から人影が消えると、それらの場所に、かつてそこで起った事件が沁みこんでいるのに気がつきます。

それを感じとるために、手帳を携えて長いあいだ歩きまわるのですが、僕は自分の注意を引いたものを、ほとんどマニヤックなまでに全部書きとめます。明確な記録や記述ではなく――僕は写実主義はやりませんから――雰囲気の手掛りなんです。古い映画年鑑をめくりながら、たまたまサイレント時代のスター女優の古いアドレスを見つけ、その場所まで行って確かめることもありますし、建物の入口やエレベーターの井戸穴のある種の明るさに引かれてふと目をとめることもあります。そのたびに僕はこんなふうに書きとめます――クレベール街X番地――建物の建築様式――光の特徴。建物の番地をぎっしり書き込んだ手帳を何冊も持っています。三十年か四十年まえ、そこであるドラマが実際に起ったかどうか知ったところでなんの役にも立ちません。僕にそれが想像できさえすればいいのです。そんな時、家に帰って、ボッタン年鑑［電話帳］をめくりながら、問題の建物の住人がどういう人間だったかを確かめようとして、たまたま、多少風変りな名前が目についたりすると、僕の想像力はたちまち刺繍しはじめるんです。

——それにしてもあなたの小説に自伝的な部分が含まれていることは否めませんね。

モディアノ　その通りです。しかしそれは想像力によって完全に変容させられています。事物を現実に起った通りに呈示するのは、あまり小説的ではないといつも思っていました。それを小説的にするためには、デフォルメし、凝集させ、現実に起ったことの泡のなかから意味のある細部をすべて探し出し、それを極端に増幅しなければならないのです。

『パリ環状通り』の例をとってみましょう。僕が原則として自分の父親から着想を得たことは事実です。しかし父が僕を地下鉄の駅で線路に突き落そうとしたことは一度もありません。ただ彼は僕に敵意を抱いていただけです。それで、僕が彼のなかに感じていた敵意を象徴的に表現しようとして、人目を引かずにはおかないようなあの行為を選んだわけです。

　だからこそ人々は、僕の小説のなかに自分自身を認めると、「これはひどい」、「こんなことは嘘だ」と言うのです。ある意味では彼らの言う通りです。しかし同時に、それは真実そのものなのであって、ただ極端に圧縮されているだけなのです。

僕は、より現実的な感じを出すために舞台化粧する俳優みたいなやり方をしていると言えます。

グレタ・ガルボがそうです。スクリーンにあらわれる彼女は、並外れた長さの素晴しい睫毛をしています。しかし普段の生活ではそんなことはなく、むしろ彼女には睫毛が全然なかったと言ってもいいほどなんです。にもかかわらず、長い睫毛をもっていることこそ彼女の真実だった。

この種のトリックに成功するためには、下心というか二枚舌というか、そういうものをもっていなければならないとあなたは仰言るでしょう。おそらくその通りです。しかし、嘘をつく術を習得せずに、どうして小説家なんかになれるでしょう?

（一九七三年五月二十三日）

ロベール・パンジェ

——もっとも難しいのは冒頭の一句です

Robert Pinget

一九一九年、ジュネーヴ生まれ。法律を修めて弁護士となったが、四六年パリに出て最初絵を志した。五一年短篇集『ファントワーヌとアガパのあいだ』を発表し、作家としてデビュー。六三年『審問』で批評家賞を、六五年『誰か』でフェミナ賞を受賞。作品としてはほかに『マユーあるいは素材』（五二）、『グラール・フリビュスト』（五六）、『息子』（五九）、『リベラ』（六八）、『パッサカリア』（六九）、『寓話』（七一）、『この声』（七五）などがあり、サミュエル・ベケットの『すべて倒れんとする者』（五七）を仏訳（同年）している。人間の生活に意味を与えるものは言語だけだという基本認識において、また、「なにを言い、なにを意味するかは私の興味を引かない。私の興味を引くのはいかに言うかだけだ」と言明する限りにおいてヌーヴォー・ロマンに近い存在だが、彼自身はこのレッテルを拒否している。＊一九九七年死去。

私の興味を引くのは、無意識の可能性を探り出すことです。私はいわば盲滅法に仕事し、そのあとで、モザイクか綴れ織りの下絵のように、一挙に自然に出てきたものを整理します。ふつう、そういうふうに整理したあとではじめて私は説明できるようになります——しかじかの頁を私はこんなふうに推敲したとか、しかじかの書物は、こういう影響のもとに書かれたとか。たとえば『パッサカリア』の場合、表題を探していた時（というのも表題を考える仕事は、書物を書きあげたあと、最後に来るのが常なのですが）、その書物を書けるような状態に自分を置くさいの助けになったのが、ヨハン＝セバスチャン・バッハの偉大なパッサカリア〔三拍子の変奏曲〕の、素晴しい対位法であることに私は気づいたのです。あの本を書いていたころ、私は絶えずその曲のレコードを聞いていました。もっとも、自分の書いたものに、誰よりもまず自分自身が驚くようなこともあります。

いずれにせよ、その場では、創造のメカニズムをとらえることは全然できません。私にわかっているのは、表出されるべきなにかがあること、自分にいささかの厳しさがありさえすれば、それがいずれは小説になるはずだということだけです。

　結局、もし仕事の方法があるとすれば、それは、日々ペンを走らせることによって、場合によってはそういうプロセスを始動させることから成ると言ってもいいと思います。詩人にとっては書くこと以外の現実があろうとは思えません。


——つまり、あなたのお仕事には儀式的なものが全くないというわけですか？


パンジェ　私はどちらかと言うと家に閉じこもった生活を送っています。ですからほとんどいつも、毎日、家で仕事をします。なんの役に立つか正確にはわからずに、あれこれ書きとめるだけか、小説に取りかかっているかによって、集中度は多少ちがいますが。しかしどこであろうと場所には関係なく仕事できると自分では確信しています。

　私にとって重要なのは、いっさい飲み食いしていない状態ではじめるということです。これは奇癖などではなく、霊感を呼びさますのに絶対に欠かせない用心なのです。というのも霊感の存在を私は固く信じているからです。それは、気が向けばあなたの耳をくすぐりに来る小母さんみたいなものではありません。それは内面的な精神状態であって、自らそれを始動させる必要があるのです。

　ですから、私は皆と同じように朝起きて、いっさい飲み食いせずに仕事に取りかかります。三十分から四十五分ぐらい。もっと正確に言えば、文章をひとつ産み出すまで。メカニズムを始動させるためには、原則としてそれで十分なのです。それから私は軽い朝食をとります。そのあとは、夕方まで続けさえすればいい。もちろん、いつもそんなにすらすら事が運ぶわけではありません。そんな時には、まる一日かけても文章をひとつ書くだけで満足しなければなりません。しかし一般的には私はかなり仕事が早いほうです。一年かければ、小説がひとつほとんど書きあげられます。

――ご自分の言いたいことを紙のうえに産み落とす仕事について、具体的にいくつかお話しいただけますか？

パンジェ　ところが、言いたいことなんて私にはなにもないんですよ。ただ自分を表現したいという抑えがたい欲求があるだけです。実を言えば私はどちらかというと堅苦しい気質の人間です。ジュネーヴとサヴォワ地方［フランス東部。イタリア国境に接する］という、自分が生れ育った地域に深く刻みこまれたカルヴァン主義の影響なのでしょうか？　自分を表現する手段として文章を選ばなかったら、私はただの一言も言わなかったろう、あるいは絵か音楽をやっていただろうと思います。ものを書きはじめた時、私にとっては、ふくらませること、発展させることが長いあいだ大きな問題でした。最初の短篇は二頁か三頁を越えることがなく、それを満たすことさえすでに大変な苦労でした。『審問』のような、五百頁もの小説を書くのにどうやって成功したか、とおっしゃるんですか？　とにかく自分を鍛えるのに十年かかったんです。

小説を書くうえでもっとも難しいのは冒頭の一句です。まさにそれがいかにも容易にみえるがゆえに。冒頭の一句が残り全部を決定するのです。最初に書いたいくつかの短篇では、私は成り行きにまかせる傾向がありました。出発点として使えそうな単語を辞書のなかで見つけると、ペンでつまみ出したものです。たとえば《禿頭病》alopécie《アロペシ》や《請願によって手に入れる》impétrer《アンペトレ》という言葉から出発して、『ファントワーヌとアガパのあいだ』という物語にふくらませたことを覚えています。私がシュールレアリスムの影響を非常に強く受けたことはあらためて申し上げるまでもないでしょう。レーモン・ルーセルの方法が、いま私の述べた方法とさほど違っていないことに気づいたのは、それよりずっとあとのことです。また別の時には——それは『息子』を書いた時ですが——近所に住むある女性と「靴屋の娘は死んだ」という文章で書きはじめるという賭をしたのです。もし別の書き出しを選んでいたら、全く別の本を書いていたにちがいありません……。私がいま書いている本のようにある程度の長さのものになると、危険はより大きくなります。出だしを間違えると、全く小説にもなんにもならないのです。『審問』の場合、「イエスかノーか、答えなさい」という文章ではじまるのですが、たまたまその時の私は六ヵ月まえから仕事していませんでした。ですから、どうしても産み落さなければならないものが、私のなかに異常なほど溜っていました。実を言えば、私は自分自身にたいしてそう言っていたのです。しかし同時に、最初の一句が精神の並外れた集中を要求することも事実です。『パッサカリア』の時は、長いあいだためらいました。『寓話』の冒頭もなかなか書けませんでした。

——いま『審問』のことをお話しになりましたが、あの小説の登場人物は五百人を越えると思います。しかも物語は文字通り迷宮のなかで展開します（館そのものに部屋が五十もあり、廊下も入り組んでいます）。しかも全体が微細に描写される。あの書物の構造をあなたはどんなふうにして思いつかれたのですか？

パンジェ　構造ですか。この言葉がいま流行していることは知っています。残念ながら私は技師でもなければ理論家でもありません。すでに申し上げたように、プランというか、あらかじめ想定された構造などはないのです。これまでに書いたどの書物についても同じです。仕事を進めていく過程のなかで、自然に組み立てられるのです。もし自分がどこに行くかわかっていたら、三行で終ってしまうでしょう。『審問』を書きはじめた時（それは、五百頁の小説を書いたらと私を唆した出版者との賭でした）、あらかじめわかっていたのはたったひとつのことだけでした。つまり終りには自分がひどく疲れているだろうということ、そしてそれが書物全体を締めくくる最後の文章になるだろうということです。私にとってはただひとつの現実しかないのです。つまり相互につなぎあわせる言語ないし単語、そして今度はそれらがいくつかの文章、つまりひとつの意味を誘い出し、結局はあるひとつのヴィジョンに到り着く言語ないし言葉だけが私にとっての現実なのです。先を見越して予定を立てようなどとしたら、言葉が閉じこめられてしまいます。そういえば『審問』を映画化しようという計画が持ち上り、その相談を受けたことがありました。しかしどうにもなりませんでした。小説の映画的表現となるはずの登場人物たちや風景が目に浮んだ途端に、続ける気を全くなくしてしまったんです。死んだも同然でした。事実、言葉というものの摩訶不思議な点は、まさしく、現実性から剝離する現実そのものを無限に産み出すことにあるのではないでしょうか？

とにかく、『審問』が書き進められ、場所や登場人物の数が著しく増していくにつれて、私はあらゆる種類のプランや素描を作らざるをえなくなりました。シランシーの町とか館とか。それに登場人物のリストを作る必要も生じてきました。しかしそれはもっぱら、矛盾を犯すことなく書き続けられるように、たとえば登場人物のひとりが、アベス街からイルランデ（アイルランド人の意）街に行くのに、煙草屋の前を通るかどうかを知るためだけに作ったものなのです。結局のところ、私は厳密さというものに極端に気を配ると言えるでしょう。私の推敲は並外れていて、初稿を書きあげたあと、三度か四度書き直す必要があるのです。

――あなたのご本の多くには、場所にしても人物にしても、しばしば同じ名前が見出されます。一種の《人間喜劇》の実現をあなたは狙っていたのでしょうか?

パンジェ　それは一種の安全対策にすぎません。作家になりたてのころ、自分の霊感のあまりの多様さに、私はこう考えたのです――「虻蜂とらずになるのを避けるために、どうして同じ名前を使っていけないわけがあろう?」しかしその同じ名前のかげに立ち現われるのは、書物が変ればほとんどいつも違った人物なのです。たまたま私があるひとつの名前に忠実だったとすれば、それがあまりにも明確なタイプに属していたので、他にはやりようがなかったのです。たとえばアリアーヌ・ド・ボンヌ＝ムジュールとか、私の好きな老嬢のロルパイユールとか。モルタンについては言うまでもありません。あれは私の全作品の中心人物ですから。しかし、そういう彼らをも私が裏切らないという保証はなにもありません。

　私の書物の一冊一冊をとりあげた場合、それぞれに統一性を与えているのは全く別のものなんです。いわゆる《口調》でしょうか。一種の語彙の選択があるのです。そして書物ごとにその口調は変ります。『グラール・フリビュスト』のそれは気取った口調のパロディーです。『審問』には言い違いや語法上の誤り、出鱈目な造語や不正確な言葉、突飛な諺などが詰っています。『誰か』の調子もおよそ文学的な口調とは正反対で、誰もが日常自分自身にたいしてものを言う時のような調子です。『リベラ』のそれは、フランスの田舎でよく聞かれるかげ口の口調です。『パッサカリア』は、これよりはるかに内面化されています。そこではっきりと詩を目ざしています。現在の私はどちらかというとますます増大する簡潔さへの道を辿っており、いわば生れついた気質に戻りつつあります。私はひとつの作品に、冒頭の一句からある特定の調子を与えようとします。それを最初から終りまでいつも完全に保ち続けられるとは限りませんが、とにかくその調子が問題の書物全体の特徴となるよう気を配っているのです。

そのために、『息子』〔一九五九年刊〕いらい、あるひとつの方法をとることにしています。つまり、一定の間隔をおいて、自分が書いたばかりの部分を、十頁ほどまえに戻って読み直すのです。

そして読み返しながら、いわばそのあとに続く部分を呼び戻すんです。それは同時に用心でもあります。そうすることによって、自分の想像力が道に迷わないよう見張るのです。それはまた、場合によっては自分の仕事の方向を修正する（唯一の）手段でもあります。しかも、この逆向きの仕事は真の創造的効果をも備えています。事実私は自分の作品のなかに、他に比べてより実り豊かないくつかの鍵言葉があることに気づきました。それがどういう言葉か、言語学者なら言えるでしょう。私自身は、そのカタログを作るのにぐずぐず時間を潰すわけにはいきません。そんなことをしたら、体系に手掛りを与えることになるでしょうから。

――書くようになっていらい、自分が進歩したとお思いになりますか？

パンジェ　だったらいいんですがね。この職業で困るのは、まさに、それが決して身につかないということなんですよ。というより、この職業を続ければ続けるほど、ますます自分がわからなくなると言いたいほどです。言うまでもなく、理想的なのは、ひとつの決定的な調子を見つけ出し、その調子で書き続けることです。しかし私は同じことを二度繰返すなんてできません。本を一冊書き終ると、なにか別のものを見つけなければならないのです。たとえば、いま現在、私は小説のなかの扉をひとつ閉じたというか、自分の可能性の扇形を汲み尽したように感じています。そこでとりあえず、書法が小説とはちがっており、より容易に思える演劇に目を向けています。というのも演劇の場合、自分で作った規則を自分に押しつけなければならない度合が少ないからです。私に規則を押しつけるのは、舞台と観客の命令なのですが、観客はテクストを受け取るだけで、もとに戻ってみることはできないわけです。

仕事にとりかかるまえの私は、不安に胸を締めつけられています。書き終えた時も同じです。ただ仕事だけが私を慰めてくれる。それは私にとって呼吸と同じくらい必要なのです。

（一九七二年十二月七日）

クリスチアーヌ・ロシュフォール

——部屋のなかのハプニング

Christiane Rochefort

一九一七年生まれ。長い間ジャーナリストとして活躍していたが一九五八年、第一作『戦士の休息』(ヌーヴェル・ヴァーグ賞受賞)によって一躍注目を浴びた。これは女性の性欲や性的妄想を率直に語っており、サガンとともに伝統的女性文学の再検討を迫ったものと言えよう。『世紀の子供たち』(六一)、『ソフィーに捧げる詩』(六三)、『モリソンにバラを』(六六)などから『追いつめられた子どもたち』(七六)にいたるまで、現代社会のあらゆる疎外形態を告発、追及し、幸福と自由への郷愁を謳いあげる彼女の姿勢は一貫している。なかでも六六年に発表された『モリソンにバラを』は、そういった疎外状況を破砕し、異議を申し立てるうえで若者たちのもつ力を謳歌したものであり、六八年五月への直接的な予言となっていた。＊一九九八年死去。

　私が仕事の方法をもっているかですって？　もちろんです。小説家というものはすべて、たとえそれについてなにを言おうと、かならずある方法をもっているものです。作家という職業は《空を飛んでいる》ようなものだというのが一般の評判ですが、私はそんな評判なんか聞きたくもありません。実は完全に即物的で大地に足をつけているのですから。創造というものは、その理由が最後までわからないという意味で、なにかしら魔術的なものをもっているとしても、逆にそれがどういう過程を経てなされるかは余すところなく話すことができます。私にとってものを書くことは肉体的ななにかであり、食べたりセックスしたりするのと同じように生理的なプロセスのひとつだとさえ言えます。書きながらひどい汗をかくこともあれば息がきれることもあります。血管が膨脹し、書く文字もしなやかでスピードがあり、きれいに書ける時や、逆に血管が収縮し、文字がまるでひきつった感じでアクメに達しなかったことがはっきりわかる時など、私はさまざまな段階を次々に潜りぬけます。

――筆の進みをよくするには、なにが必要ですか？

ロシュフォール　まず第一にそれは環境の問題です。一年か二年、バニョレのHLM《アッシュエルエム》（家賃の安い公団住宅）に住んだことがあります。そこでは全然仕事ができませんでした。窓の形も壁の感じもまったく画一的だったこと、木がなかったこと、夜の十時以降は、子供の泣き声が時々聞えるだけで、なんの物音もしなかったこと……理由はそういうことだったのかもしれません。とにかくありとあらゆる方法を試してみても無駄でした。音楽をかけようがとめようが、私は完全に途方に暮れるしかなかったのです。私の頭脳は、仕事をやめた工場のように荒れ果ててしまって、手の施しようがありませんでした。

　自分の気に入った環境を探しあてるのに十年かかりました。私にとって必要なのは、高級住宅地ではないとしても一種の調和のある町、一風変っているけれども静かな場所、それに近代的ではない家、さもなければなにか特別なことのある家、たとえば窓から木が見えるような家だったのです。パリではこういう《保護地区》がだんだん減っています。

　それに快適な設備。書くということはひどく場所をとるものなんです。いったん《作品》にとりかかると十時間から十六時間仕事を続けることがあります。卵をかじるのに必要な数分間休むだけで。私はまず、籠城の時のような要塞を築くことからはじめます。あぐらをかけるような、そして時々背中を休められるようなベッド（椅子というのはまったく馬鹿げていて、血のめぐりを妨げることおびただしい。あれは西欧の非合理な産物です)。背後に窓。すぐそばには屑籠がわりの暖炉。自分のまえには小さな机、五百枚入りの原稿用紙二包み、それにビック印のボールペンが十本ほど——(ビックは私にとって神聖不可侵ななにかであって、歯ブラシだったら好きなだけ使ってもらって構わないけれど、もしあなたが私のビックに手を触れたりしたら!……)——それに鎮静剤としての紙巻煙草(一日に一箱半というのが私の喫煙量です)。それから……あとはいっさいの邪魔はお断りです。

——厳密な時間割をおもちですか?

ロシュフォール　特に好む時間割はありません。明け方は素晴しいんですが、残念ながら私は早起きじゃないんです。黄昏時がいちばん駄目。本当の問題は書き出しなんです。それが一時になるか三時になるか、すべてはその日の他の仕事によります。その日が《疎外》された日であればあるだけ、霊感をとりもどすのに余計時間がかかります。ということはつまり、決った時間に働く給料生活をしていては、書くなどということはほとんど不可能だということです。あるいは、そんな時にはきわめて厳しい対策を施さなければなりません。

筆一本で暮せるようになるまで二十年間、私は修道尼のような生活を続けました。誰にも会わず、外出もせず、食物も最小限に抑えていました。今でも私は毎日仕事するように努めています。それ以前に書いたものを見直し、あれこれ考えるためだけだとしても。ただ天気の良い日に散歩したり、友達に会いに行ったり、映画を見に行ったりすることはあります。この三つは我慢しようとしても我慢できないものですが、それ以外の時はずっと家で仕事を続けられます。

――それにしてもあなたはいわゆるリアリズムの作家です。現実を観察する時間をどこで見つけるのですか？

ロシュフォール　私には観察力が全然ないんです。長いあいだ私はロブ＝グリエの観察能力に嫉妬していました。心のなかでこう考えたのです――私は小説家だ、私だってあれくらいのことはできなければならない。そこである日私は試してみました。試みに自分の住んでいる街路を描写してみようと思ったのです……。でも退屈でうんざりしました！ドアの位置も家の順序も建物の様式も……なにひとつ思い出せなかった。実を言えばこういうことなんです。描写は私にとってちっとも楽しくない。それにそのためだったら映画があるじゃありませんか。

ノートを取ったことはあります。「お前はああいう環境のことをなにひとつ知らない。お前にはそれについて語る資格なんてない」と思ったからです。しかし私はいつもそのあとで気づきました。それが想像力の欠如をかくすアリバイにすぎないと。実を言えば、事物があるがままの姿で、人を感化するとか、なにかを教えてくれるといったことさえ稀なのです。私たちの頭脳の働きは、いささかコンピューターのそれに似ています。ただ、入力は、私たちがわざわざやらなくても自然になされるんです。そこから出てくるものが創造なのです。私は車についての対話を書いたばかりなんですが、五十回それを書き直しました。もし成功すれば、私はたったひとつの文章で、車についての会話の録音テープがぎっしり詰った部屋全体にも相当するものが得られたはずです。

——その日自分の書くことが、あらかじめ分ってますか？

ロシュフォール　もしプランがあったら、それが邪魔になって言葉が見つからないでしょう。自分がいつ新しい小説を書きはじめたのかさえはっきりしないほどです。書き進める途中で突然気づくんです。最初にまずあるのは私をそそのかす好奇心です。たとえば私が『戦士の休息』を書いたのは、合体と所有ではなく、共犯の形をとる愛が存在しうるかどうかを知るためでした。しかし《筋の運び》が突然別の方向に進んでしまうこともあります。

　ものを書くことは、私にとって、部屋のなかのハプニングなんです。いろいろと問題があったにしても、とにかくいったん書き了えると、私はそれをタイプで打ちます。ところが、それがものになってない！　うんざりするけれども、とにかくそういうこともあるんです。休息するつもりで、私は頭に浮ぶことをまた書きはじめる。一頁、二頁……。私はまったくなんでもないようなことからはじめます。誰かが誰かに会う、二人はお互いに相手を見失う、そして突然また出会う。二人はあれやこれや話をしはじめる。二十頁か三十頁書き進んではじめて私は気がつくんです——「おや、私は本を書いているんだわ」とね。そんなふうにして二十四日間書き進めたんです。その結果が三百五十頁にもなって、おちをつけたら『モリソンにバラを』になっていた。あれはなかば自動記述的な書物です。《タイム・マガジン》や《ニューズウィーク》のヴェトナム戦争に関するブラックユーモアに満ちた条りを英語で読んでくれる友達がいたのですが、私の物語にはそういった条りが《ごちゃごちゃ》に取り込まれています。

　他の時には、なんということもなく十五頁ほどのテクストが書かれることもあります。自分が書いたとはとても思えないような文体なんですが、突然手がとまって書き続けられなくなるんです。そんなふうにして決定的に放棄された原稿が五つか六つ抽斗に突込んでありますが、もしかしたら花を咲かせるかもしれないと思って、時々とり出して見直すのも九篇あります。『駐車場の春』をふたたび書きはじめたのは、初稿を書いて四年後のことでした。トマとクリストフという二人の若者の真実を発見した時、言いかえれば《友情》という言葉を《愛情》と言い換えなければならないとわかった時、なんとなく楽に筆が滑りはじめたのです。結局、登場人物たちが私を導いてくれるんです。彼らのことをもっとよく知りたいという気持なんです。

――「ボヴァリー夫人は私だ」と言ったフローベールのようにですか？

ロシュフォール　いいえ、全然違います。登場人物は私の仲間なんです。彼らが私のなかに住みついているわけじゃない――とにかく彼らをつき動かしているのは、私を動かすものではないんです。彼らは私の外に存在しているんですから。

――書くようになってから、ご自分が進歩したと思いますか？

ロシュフォール　やり直すことを覚えました。『戦士の休息』以前に書いた初期作品は石の塊みたいでした。読み返すたびに「なっちゃいない」と思ったものです。もっともやり直すとは言っても、あれこれとりつくろうのではなくて、もっぱら切ったり削ったりするだけでした。最初手で書いたものをタイプで打ち直そうと決心した日に奇蹟は起ったのです。創作の道具としては、タイプは駄目です。しかし推敲の道具としては、あれ以上のものはありません。タイプで打ちながら気が進まなければ、もう疑いの余地はありません。作品が駄目なんです。

（一九七〇年六月二十日）

フランソワーズ・サガン

——書くこと、それは自分を忘れようとすることです

Françoise Sagan

一九三五年生まれ。十八歳の時に発表した『悲しみよこんにちは』によって一躍有名になり、戦後のベストセラー作家のひとりに数えられる。『ある微笑』（五六）、『ブラームスはお好き』（五九）から『心の青あざ』（七二）、『失われた横顔』（七四）、「乱れたベッド』（七七）にいたるまで、その全作品が邦訳されているので、あらためて紹介するまでもあるまい。『スウェーデンの城』（六〇）や『草の上のピアノ』（七〇）などの戯曲も書いているが、それらをもふくめて、彼女の作品は《欠落》ないし《不在》をめぐるフィクションだと言えよう。その作品に漂う悲しみとアイロニーは、すべては癒しがたい虚構だという確認から生じている。 言葉が物ではないことを彼女は知っているのである。＊二〇〇四年死去。

あなたの質問には、なにかとても難しいことが含まれています。書くこと、それは自分を忘れようとすることなんです。ある過程が成功するかどうかは、まさに自分を考えないことにかかっているというのに、どうして多少の出鱈目をまじえずにその過程を描写できるでしょう。

一冊の本というと、ちょっとロマンチックな、メロドラマ的な感じがするけれど、とにかくそれは乳と血と神経と郷愁——つまりは人間存在から成っているんです。ですからそれを書く方法といえば、時間や外界の生活との折合いのつけ方以外のなにものでもありません。

ご自分が一群のインディアンにつきまとわれていると想像してみて下さい。あなたの考えるたったひとつのことは、できるだけ早く、最初に見かけた木のかげにかくれることでしょう。作家にとって、仕事の方法もそれと同じように、つまり行き当りばったりに選ばれるのです。それは緊急避難ないし戦術的退却の問題なんです。とにかくそれが創造の原動力になることは決してありません。

――作家の場合、木のかげにかくれるにはどうするんですか？

サガン　公共の敵ナンバーワンは紙です。その白さに守られた無垢な紙に向いあうと、作家はしばしば自分を子供のように感じます。ですから私がなにかを手で書きとめる時には、万年筆にしろ鉛筆にしろ、絶対に太く書けるものでなければなりません。紙に《印刷》されたようなその感じが私の気力をかき立ててくれるのです。時にはちょっと気狂いじみたことをする時もあります。馬や小舟の絵を紙一面に描いてみたり。

長いあいだ私は両手の指をそれぞれ三本ずつ使って原稿を直接タイプで打っていましたから、私と紙との接触がいささか特殊なのは事実です。小さなボタンを廻すと一行あらわれる。次いでまた一行、その繰返しで一頁全体が姿をあらわします。それはもうひとつ別の形のフェティシスムなのです。

『心の青あざ』を書いていた時、肘を骨折したことがあります。乗馬中の馬鹿馬鹿しい事故だったんですが。使える指が三本しかなくなって私の苛立ちは絶頂に達していました。そんな時、誰かが勧めてくれたんです――「どうして口述筆記にしないの？」

最初の日（私はウィスキーを四杯飲んでいました）、それは不可能に思えました。一種の露出症に思えて仕方がなかったんです。でも働くために来たあの可哀そうな女の人がいました。とにかく彼女にお天気の話をするわけにはいかなかったんです。今では急がされるたびに彼女に来てもらって、部屋のなかを行ったり来たりしながら、直接彼女に口述します。口述すれば、そのたびにテクストの調子を自分の耳で聞くことができます。読み直す手間が省けるので、時間の節約になります。

　幸い私の秘書はとても無口で、私が部屋の向う端に行った時に、「すみません、なんと仰言《おっしゃ》いました？」という声が聞えるだけです。しかし信じていただきたいのですが、私は周囲の空気の変化のひとつひとつにとても敏感なのです。紙のこすれる音とか、煙草をつけたこととか。そしてこう思うんです――「いやだな、興がそがれてしまうわ」

――仕事は毎日きまってなさいますか？

サガン　この職業の魅力のひとつは、毎日仕事しなくてもいいということなんです。私はなんにもしなくても決して退屈しません。もちろん書くことを自分に強いることはできます。しかしそんなことをすればせかされた気がするだけで、楽しみはいっさいないでしょう。幸い私の出版者はとても理解があるので、財政が逼迫しはじめるまで一年間は書かずにいられます（それ以上は駄目ですが）。

　アイディアが浮んだ時には、本能的に毎日ほぼ同じ時刻に仕事します。もしパリにいなければならないのなら、夜。田舎なら、午後。田舎の楽しみは、朝起るとすぐ外を歩いたり草や空模様を眺めたりできることです。午後の四時頃、他の人たちに「仕事にかからなきゃ」と言います。嘆いたり呻いたり、ようするに自分でちょっとお芝居をするわけ。でもおかしいことに、いったんタイプライターに向うと夕食の時間さえ忘れてしまうんです。

だからといって、田舎のほうが筆が進むというわけではありません。私はほとんどどこでも書けます。ベンチでも木の根もとでも旅先でも。『冷たい水の中の小さな太陽』の大部分は、カシミールの奥地で、一日に三時間の割合で書いたものです。私の部屋からは宮殿の廃墟が見えましたが、そういうところで私はコース地方［フランス南部］の羊の話を書いていたわけです。『心の青あざ』はほとんどパリとノルマンディーを往復する列車のなかで書きました。『悲しみよこんにちは』は、ソルボンヌの予備課程の教室で、そっとかくれて書いたものです。だいいち、仕事する場所の雰囲気は、私の書くものに絶対に反映しません。暖炉で火がぱちぱち燃えていても、海辺の物語を書いているのであれば私には海の音しか聞えないんです。

仕事しようと思っても難しいだろうと思うのはカフェです。いえ、まわりがうるさいからではありません。この地上にあって私をもっとも夢中にさせるものである人間のせいです。自分の小説に注意を集中するかわりに、「あら、あのボーイは今日はなぜあんなに悲しそうなのかしら？」などと思ってしまうにちがいないからです。

――そういう観察が創造への刺戟剤になることはありえませんか？

サガン　ところが私にはあまり観察眼がないんです。友人たちをいささかぎょっとさせるほどです。たとえば「アルチュールはエロイーズに恋していると思わない？」と私が言うと、返ってくるのは「あきれた、あの二人はもう六年まえから一緒に暮してるのよ」という返事です。十中八九、私はまるで白痴みたいなんです。

でも、小説家にとって観察が大事だと本当にお思いになる？　私はむしろ小説家は自分の記憶や固定観念のなかに素材を見つけるものだと思います。私にとっては想像力こそがもっとも重要な能力なんです。

ある物語の着想をえた時の私は、いわば妊娠した女のようなのです。始終子供のことを考えているわけではありませんが、時々お腹を足で蹴られて、子供の存在を思い出させられる。それは退屈な晩餐会の時かもしれず（そんなものはできるだけ避けようと細心の注意を払っているのですが、どうしても逃げられないこともあります）、私は目を見開いたまま夢想に耽り、しばしばこんなことを考えるんです――「もしベアトリスがエドゥワールにしかじかのことをしたら（いま書いている本の主人公はそういう名前なんですが）、彼はこういう反応を見せるにちがいない」。あるいは夜中のこともあります。明りをつけてあちこち鉛筆を探しまわり、紙切れに思いつきを書きとめるのですが、翌日になるとその紙切れをなくしてしまうんです。私はノートを沢山とりますが、いずれも純粋に想像的な性質のものです。断言してもいいんですが、私の登場人物には、実在の人間から想をえた人物はひとりもいません。むしろ逆なんです。私の想像した架空の人物のほうが実在の人間と私との関係を妨げる傾向があるのです。あれこれ要求されたり訴えられたり。かつて一緒に暮していた人が言ったものです――「わかってるのかい。君は僕の言うことなんか聞いちゃいない。僕はまるで馬鹿みたいにみえる。僕がなんの役に立っているのかわかりゃしない」。彼の言う通りでした。私には彼が見えてさえいなかったんです。

――小説はどんなふうに生れるんですか？

サガン　ああ、それはね、朝目をさますと、料理ずみの主題が朝食のお盆にのって出てきて《あら！》というわけにはいきませんよ。最初はまずあるテーマに取り憑かれるんです。徐々に（それが頭のなかでどんなふうに起るのかはわかりませんが）あるシルエットがぼんやり見えてくるのです。まるでパステル画のように。でも輪郭までは見えません。そこでその輪郭を描いてみたくなります。そして他の人物たちがあらわれてきます。

私が書きはじめるのは彼らが本当にうるさくなった時です。問題は適当なペースを見出すことです。万事好調なら、一日にタイプで三頁ないし十頁進みます。推敲はほとんどしません。私は一種の衝動に駆られて書くのです。あとになってから、私よりずっと文法に詳しい人と一緒に手を入れる時、こう言われることがよくあります――「ここでは同じ単語を三度も使っているし、あそこは形容詞が多すぎる」。そこで私は答えます――「わかってるわ、でも変えたらもう音楽が聞えなくなってしまう」。

私の扱うテーマがかなり一般的なのは事実です。孤独、別れ、同棲。でもそういう話の扱い方は、限りなく多種多様な愉しみを与えてくれるんです。守るべき規則でもって一種の枠を形作る戯曲があります。中篇小説はいわば爪先で回転するようなものです。いつの場合にも冒頭と結末はわかっています。問題は早く片付けることです。まるで《ティルト》（中世の馬上槍試合）と書いた紙切れを背中に貼りつけられたみたいに。なにも起らなければ失敗です。しかしなにかが起ることもあります。小説、それはどこに連れて行かれるかもわからぬままに、沢山の人々と一緒に出かける楽しみです（私は決してプランを立てません）。

私の職業で困るのは、財政上の複雑な事情から、同時にいくつかのことをしなければならないことです。お金がどっさり入るたびに、びっくりするほど税金を払わなければなりません。あれはまさしく地獄の機械仕掛けです。そこで私はいろいろな思いつきを書きとめる古ぼけたノートを沢山もっています。なんとか整理しようとは思うのです。一冊は小説のためのアイディア用、他は映画用というふうに。でもいつも私は手にふれた最初のノートに書きつけてしまうので、結局はなにもかも滅茶苦茶に入り混ってしまいます。表紙に《雑》と書いたノートさえあるのですが、そこには詩の断片もあれば、「誰それに電話するのを忘れないこと」などというメモもあるという始末です。

――それにしても、同じことを繰返すのではないかと気になることはありませんか？

サガン　その点は全然気にしません。主題を新しくとか背景を変えてとかいうのは、ようするにジャーナリズムの癖なんです。コクトーが言ったように、「流行とは流行おくれになるもののこと」なんです。書きたいと思うことを書く、それだけのことです。もし首斬役人と殉教者がいるとすれば、それはどちらも自分自身なんです。他の人たちはなんのかかわりもない。だいいち私は自分の仕事のことは、たとえ友達にでも決して話さない習慣を身につけました。それは礼儀の問題です。自分の仕事の話をする男なんて退屈ですよ。女となるとなおいけません。自分の内面生活の話をするほうがまだましだと思います。

それから男の文章、女の文章といった話はしないで下さい。女が自分たちがどういう存在なのかを忘れさせようとすれば、彼女たちの文章はまるで去勢されたような感じになるし、逆にそれを思い出させようとすれば、甘ったるくて、まるで雨みたいに退屈な文章になってしまう。私が書く時は自分の年のことも髪の色のことも、自分が女だという事実さえ考えません。それから、これは信じていただいていいことですが、作家という職業とか書くという行為とか、作家の思い出とかいったことについて現在書かれていることを全部ある作家が読んだりしようものなら、彼はもうただの一行も書けなくなるだろうことは請合いです。

（一九七六年二月六日）

ナタリー・サロート

——スナックの片隅のテーブル

Nathalie Sarraute

一九〇二年、ロシアに生れ、二歳の時フランスに移住。十八歳で文学士・法学士となった。最初弁護士として活躍していたが、一九三九年小説『トロピスム』によって文筆活動をはじめた。四八年第二作『見知らぬ男の肖像』を発表。サルトルが序文を寄せて、《アンチ・ロマン》と呼んだ。五六年、評論集『不信の時代』を発表したころから《ヌーヴォー・ロマン》の重要な作家として注目されるようになり、『プラネタリウム』（五九）、『黄金の果実』（六三）、『生と死の間』（六八）、『あの彼らの声が……』（七二）、『……と馬鹿は言う』（七六）などを次々と発表した。その作品は現代フランスの《探求の文学》の原型をなしている。彼女の言う《トロピスム》はもともと《屈動性》を意味する生物学用語だが、日常のさまざまな葛藤を覆いかくし、あるいは暴露する反応ないし基本的な動き（欲望、嫌悪、嗜好、たじろぎ）を意味している。＊一九九九年死去。

私が仕事の方法をもっているかですって？　これは落し穴の多い質問です。おそらくあなたが想像なさっている以上に。日常話される言葉のひとつひとつが罠なのです。ですから私としては、登場人物の創造とか《先在する現実》の再現を目ざしているわけではないことをまず申し上げておきたい。私が言おうと努めているのは、逆に曰く言いがたいことでもありません。それが言われえないものである以上、どうして私がそれを言うことができるでしょう？　エクリチュールが、これまでほとんど入り込んだことのない領域に到りつくことを私は望んでいるのです。私にとって問題なのは、かつて、ほかによりよい言葉がなかったために《トロピスム》と呼んだところのものを示すことなのです。それは潜在意識のなかにしか存在しないような一種の感覚ないし内面の動きです。そういう一種の不分明な状態を再創造しなければなりません。《表現する》のではありません、絶対に！すでになされたことはもう私の興味を引かないのです。

――しかしあなたの小説でも、登場人物や身近な会話や文学的な想起にさえ出会いますね。

サロート　私としても、いま述べた《トロピスム》にとって手掛りとなるような、ちょっとした支えを見出す必要があるわけです。それに、私の小説が扱うのは人間存在であって、昆虫や動物ではないのですから。

　しかし注意していただきたいのですが、いかにもそれらしくみえる私の登場人物は《だまし絵》にすぎません。彼らが心理的整合性をまったくもっていないことはお気づきでしょう。私は彼らのなかにもっとも矛盾した動きを取り入れます（古典的登場人物の論理をいまなお信じている人が誰かいるでしょうか？）。もし登場人物がそこにいるとすれば、実を言えばそれは破壊されるためになのです。

『見知らぬ男の肖像』に出てくる吝嗇な男の例をとってみましょう。日常生活では、人々を分類して、たとえば「誰それはけちだ」と言うのは便利です。それは必要でさえあります。その人にお金を請求しに行くのを避けるためでしかないとしても。しかし根源に赴いて（私がこの小説のなかでやろうとしたのはまさにそれなのですが）、ある吝嗇な男の肖像を外面的に形作る動きを探し求める時、それらがあまりにも数多いので、《吝嗇》という言葉がもはやたいした意味をもたなくなるのに気づきます。文学的な想起についても同じことが言えます。私がそれを援用するのは、もっぱら、常套句というか、既知の、既習の事柄と、真に起っていること、しかしまだ知られてはいないこととのコントラストを示すためなのです。

実を言えば、私の本はいずれも、二つの面ないし水準で書かれています。まずもっとも月並な、たやすく目につく外観という水準があります。『見知らぬ男の肖像』では、バルザックのウージェニー・グランデを思わせるような状況がそれですし、『黄金の果実』ではある一冊の書物とその運命がそれです。しかしもうひとつ目にみえない水準があり、それこそが私の関心を引くのです。つまりトロピスムの水準です。

――ところでそのトロピスムをあなたはどういうふうに現出させるのですか？

サロート　一冊の書物はある生涯全体を通じて、大部分は無意識のなかで成熟していくものです。時には何年もまえに耳にしたある言葉なり文章なりが突然記憶によみがえり、沼に投込んだ敷石のように、私が苦労して寄せ集めたものを滅茶苦茶に掻き乱しはじめます。『見知らぬ男の肖像』では、ある一章全体が、「あなたは誰の悪口を言ってるんです？」という月並な言葉を出発点として形作られました。その言葉が反応体ないし触媒として働いたのです。

確かな事実がひとつあります。トロピスムの探求は形態の探求と解きがたく結びついているということ。トロピスムは言語のなかに取り込まれ、それによって変えられなければなりませんが、しかしすでに存在する形態に無理に押し込めることはできないのです。したがって、トロピスムが生命を帯びることを可能にするような形態を見出す必要があります。

ある小説の仕事に取りかかる時、私はほとんどいつもその小説について幾何学的なヴィジョンをもっています。『見知らぬ男の肖像』の場合、それは完全に閉されたひとつの空間でしたが、ただその内部は対決しつつある二つの意識によって揺れ動いているのです。『マルトロー』の場合は逆にひと塊の石でしたが、盛んに揺れ動いている外部の他の意識にふれて崩壊しようとしていました。『プラネタリウム』は丸い空間で、動きがその周辺に向けられるはずでした。『黄金の果実』はまず上昇し、次いで下降する曲線です。『あの彼らの声が……』の場合は、中心にひとつの物体が見えていました。石の動物なのですが、それが、固い絆で結ばれた意識の集団の内部にありとあらゆる種類の混乱をひき起すのです。問題はこの全体的なヴィジョンを、個々の具体的なイメージに翻訳、表現することであり、最初は多かれ少なかれ漠然とした形で私を襲う感覚を、あるリズムのなかでとらえるのに成功することなのです。

そしてそれが達成できるのは、ひたすら書くことによってなのです。

感覚、形態の探求、エクリチュール、その三者は実際、絶対に分離できず、しかも同時に生じ、なされるのです。どの本も一種の絶え間ない摩擦のなかで書き進められます。感覚が形態を呼び求める。その形態がもうひとつ別の感覚をひき起す、以下同様です。感覚が十分に強烈であれば、万事好調です。それが弱まるやいなや、リズム自体も弛緩してきます。その逆の場合もあります。

——具体的に言って、あなたの小説はどんなふうに書き進められるんですか？

サロート　それは非常に緩慢な経過を辿ります。私の場合、ひとつの小説に平均して三年から五年かかります。困難は、トロピスムがもともと捉えがたい性質のものであること、それに、トロピスムが私たちを貫き抜けるさいの閃光のような速さに由来します。したがってあまりにも速く仕事することを避けなければなりません。なぜならもしそんなことをすれば、意識がすでに記録することを拒もうとする傾向のある動きのそばを、通りすぎてしまう危険があるからです。しかしまた仕事が緩慢すぎてもいけません。さもないと、その流動する実質が凝固してしまうかもしれませんから。

　私の採用した解決法は、仕事を二つの段階にわけることです。まず第一に、すでに明白な既知のものをすべて排除し、それまでちらばっていたあらゆる種類の感覚を寄せ集めたのち、始まりから終りまでまず第一稿を書きます。そのさいに注意するのは、ちょうど映画のスローモーション撮影のように動きを分解することです。重要なのは、本全体、章全体、頁全体、文章全体の一般的リズムを見出すことなのですが、同時に、さまざまなトロピスムが、ちょうど時計仕掛けのように、相互にはまりこみ、嚙みあうように注意します。

この初稿の段階に、すくなくとも二年かかるのが普通ですが、それが書きあげられると、今度は、詩を書く時のようにひとつひとつの単語に気を配り、練りあげながら全体を書き直します。『プラネタリウム』や『生と死の間』には、すくなくとも五十回書き直した部分がふくまれています。私がこれでよしと考えるのは、自分にはもうこれ以上進めない、これ以上よく書くのは不可能だと感じた時です。その時になってはじめて私は原稿をタイプに出すのですが、その段階でさらに手を入れることもあります。

この第二段階で私が没頭するのは、決して《文体》上の仕事ではないことに留意して下さい。実際、優雅さを求めすぎると、最初の感覚との接触が絶たれ、形が死んでしまうのです。問題は逆に、おそろしく凝り固った書き言葉を避けることであり、喘《あえ》ぐような、速いリズムを保つことなのです。はじめての小説では、古典的な長い文章がまだ残っていました（『見知らぬ男の肖像』にみられるように、後戻りや括弧によってそれを切ることもありましたが）。今では自分の文章を短く切るように努めています。切り刻むと言ってもいいかもしれません。それに中断符［…。三点リーダー］も取り入れます。途中で急に切ってしまうのです。イメージもできるだけ単純なものを選びます。トロピスムがすでにあまりにも捉えがたいものなのです。もしイメージを複雑にしたら、読者の注意はそちらのほうに逸れてしまうでしょう。

いま読者と私のあいだには、かつては存在しなかった共存関係があるように思います。

私たちの知っていること、そして私としてはもはや気を配る必要のないことがたくさんあるのです。言うまでもなくそれは私の自由をより大きくしてくれます。

——小説の創作があなたの生活を掻き乱すようなことはありませんか？

サロート　ありません。私の生活ははっきり二つに分割されているのです。私は毎朝仕事します。日曜日でも。午後の終りごろ、頭のなかで翌日の仕事を準備します。この規律から私が自分を解放するのは旅に出た時だけ、つまり一般には夏の二ヵ月間だけです。私の理想的な仕事場はスナックです（もっとも私は気難しくないので、書こうと思えば庭のベンチの上でも書けるはずです）。家にいると人に邪魔されたり、逆に私のほうが邪魔したりするんじゃないかと思うんです。とりわけ私は仕事に取りかからずにすむように、ありとあらゆる障害を自分で探し求める傾向があります。行きつけのスナックがあって、毎日九時半から正午まで居坐るんですが（田舎では隣り村のカフェに行きます）、そこなら気を散らすようなものも、新聞も本もありません。片隅の小さなテーブル、タイプ用紙、フェルトペン（もし忘れてくれればすぐカウンターで買いますし、使い古したら捨ててしまいます）。仕事に使うものがごく普通の、なんでもないようなものであること、それがいかなる種類のマニアも表現していないことが私は好きなのです。それにスナックなら安心していられます。まるで旅先のような気分になれる。人々や活気に取り巻かれていると同時に、ひとりきりでもある。というのも誰も私のことを気にかけませんから。

——あなたの周囲で起ること、スナックの雰囲気や会話、そういったものがあなたの小説に取り込まれることもありますか?

サロート　トロピスムを発見するだけで私はもう十分苦労してるんです。スナックで隣りに坐った人がそれを見つけさせてくれるとか、しかもそれがその時の私の心を占めているものにぴったり合うなどということがあったら、驚くべきことだとは思いませんか。もう一度言いますが、私は写実主義の作家ではないのです。「あなたの会話の文章は、日常生活からじかにとられていますね」——よくそう言われます。しかしそれは幻想にすぎません。もちろんそういった文章のいくつかを実際に耳にすることはあるかもしれません。しかしそれ以外のことすべてがあるのです。それらを現出させることすべてがあるのです。そして重要なのはそちらのほうなのです。そもそも一冊の書物について話すのに、『黄金の果実』のなかのような話し方はしません。ただたんに礼儀に反するという理由からだけだとしても。あの書物は《カクテル・パーティーの会話だ》などというのは見当違いも甚だしい。

もし読者が(その人の感受性が私のそれと合致するとして)私の小説のなかに自分がつねに感じていたことを見出すような印象をもつとすれば、それはその読者とエクリチュールの接触が産み出した結果なのです。もしそういう接触をもっていないのだったら、なにも感じないはずなんです。

——書くことはあなたを不安にしますか?

サロート　書かないことのほうがもっとずっと不安です。

（一九七二年一月十四日）

フィリップ・ソレルス

――回教僧の踊り

Philippe Sollers

一九三六年生まれ。フランスの最も尖鋭な前衛作家のひとり。五七年に発表した短篇『挑戦』と翌年刊行の長篇『奇妙な孤独』によってモーリヤックやアラゴンの賞讃を受け、ヌーヴォー・ロマン以後の新作家として華々しく登場、六一年『公園』（メディシス賞受賞）、六五年『ドラマ』、六八年『数』などを著し、一作ごとに問題意識の深まりを証した。それはまた六〇年以降彼を実質的主宰者とする季刊誌《テル・ケル》の変貌とも呼応しているが、マルクス＝レーニン主義、フロイト、毛沢東などの影響を次々と深く受けながら、つねに時代の最も突出した前衛であり続けた。《テル・ケル》は一時フランス共産党と協力関係にあったが、中国問題をめぐって絶縁し、『法』（七二）以降、『H』（七三）および同誌に連載の『パラディ』［八一］では《歴史のなかの主体の粉砕》を、言語表現におけるあらゆる自由の獲得によって示そうとしている。＊二〇二三年死去。

エクリチュールそのもの、つまり頁のうえに書かれたものは、私の仕事の一千万分の一にしか当らないという事実をまず強調しておきたい。

あなたに自分の書き方を話すだけで満足している作家たちは、まさにその点で、彼らの仕事観がいかに伝統的で物神主義的であるかを証拠立てているのです。秩序壊乱的な作家はすべて、逆に、仕事が絶え間なく不断になされることを強調しています。自分の文章のリズムを恋人のベッドのなかにまで持ち込むと断言したボードレールがそうですし、ジョイスとなれば、ご存じのように、彼が《エピファニー》［卑俗な言葉や仕草などに突然あらわれる霊的な顕示］と呼んでいたものを、絶えず手帳に書きつけていました。

作家というものは四六時中言語の生産のなかに浸りきっているわけですから、その立場を定義できるのは、眠りや夢もふくめてその生全体との関係においてだけなのです。それが私の出発点です。

――ようするに、あなたにとってエクリチュールは、氷山のうち水面上にあらわれた部分にすぎないというわけですね。すると、水面の下に隠された部分はなにから成っているのですか？

ソレルス　広い意味で、肉体に関する知識です。あるひとりの作家が自分の感覚、嗅覚、触覚、とりわけ性欲とのあいだにもつ関係はきわめて重要です。しかし私自身について言えば、私の仕事の九十パーセントは聞くことから成っていることを明確にしておきたい。事実、文学を可視性の問題にしてしまう傾向があまりにも強すぎます。視覚が聴覚を支配しているというこの事実こそが、文学にたいする心理学と自然主義的表現の拘束の全責任を負うべきものなのです（私自身、『法』まではその点について半ば聾でした）。聞くこととはなにを意味するか？　それはとりわけ、言語のなかに生じる無意識なものを捉えるために、意志的であると同時に無意志的な、意識的であると同時に無意識的な、ほとんど音楽的ともいえる多孔性の状態に身を置くことを意味します。

あなたと話しあっている人々すべてが、いわば言葉のかげでなにを言おうとしているか見定めようと努めてごらんなさい。ほどなくあなたの耳に一種の訓練が施されるだろうことは明らかです。強勢とか調子によって、彼らが自分の考えと正確に反対のことを口に出して言っていることが、ほとんど即座に見てとれるでしょう。その点に関してはプルーストの有名な文章があります。しかし私はたんなる《会話の下にあるもの》よりももっとずっと深く突込んでみる必要があると思います。分析的聴取にまで到達しなければならないのです。フロイトの《鼠男》の分析の日録をお読みになったことがあると思います（今日、フロイトを経由することなく文学的営為にたずさわることはできないと思います）。そこでは、たとえば《鼠》という言葉によって了解されていることが、現実に口に出して言われたこととはまったく別物であることがすぐに見てとれます。私にとって《聞くこと》とはまさにそれなのです。つまり内面的ななにかなのです。実際にはなんの音もしていないのに、なにかが聞えてくる夢のなかでのように。この奇妙な分析過程のなかでなにかが見えてくるとすれば、それはなにかを聞いたという事実のせいなのであって、その逆ではありません。

それにしても、こういう規律に身を縛る作家がごく稀であることは強調しておいていいと思いますね。

——ノートをとりますか？

ソレルス　もちろんです。始終ノートをとっていない作家なんて、私には考えられませんね。ちょうど万人を分析の対象にする精神分析医のように（ただし利害を離れて）。私はいつも手帳をもっていて、カフェにいる時も街なかでも、自宅にいる時でも、折あるたびにさまざまな断片を書きとめ集めるようにしているのですが、やがてそれらが執筆の途中で組み込まれるわけです（まだ当面の仕事とかかわりのないことがらについては、カード・システムを使っています。それは個人用のミニ百科事典のようなもので、天文学、哲学的批判等々がふくまれます）。

諺や私の注意を引いたサンスクリットの単語を書きとめることもあれば、デッサンすることもあります。たとえばキリストのモノグラム《HCE》など。私はこれを彩画聖書のなかで見つけたのですが、これはジョイスが『フィネガンズ・ウェイク』を書いた時、母型の役を果したものです（ジョイスにおけるシニフィアンの機能そのものを説明する上で、これはまさに天啓的に思えました）〔モノグラムは二つ以上の記号を重ね合わせ図案化したもの。ジョイスは同作で「HCE」に主人公の名前の他様々な意味を重ね合わせた〕。あるいは（自己分析の試みのための記憶のプロスペクティヴが問題になる時は）、子供の頃暮していた別荘の名前だったり、そのそばによく遊びに行った黒太子〔十四世紀のイングランド王太子エドワード。フランス南部のアキテーヌに領土を持った〕の城の写真だったりします（ネルヴァルの詩を覚えておいででしょう――「崩れはてた塔に住む、アキタニアの君主……」）。本質的なのは、それらすべてが私の記憶のなかで発光することです。こうして、ある単語、あるデッサン、ある写真を手掛りに、一連の思い出の星座を再発見することができるのです。

しかし注意していただきたいのですが、私は窓の外に見えること、そこで起ることをメモするなどということは決してしてしまいません。リアリズムが私の関心を引くのは、もっぱら、現実が言説を通じて移行する限りにおいてなのです。

どんな種類の言説なのか？　私としてはこう言いたい。つまり、それについて歴史的であると同時に無意識的な分析を試みるために、そしてそれをリズミカルな形に書き直そうと試みるために利用する膨大な素材のうち、私が組織的に扱う《コーパス》［資料集成］は三種類あるということです。第一は宗教的言説（いま現に私は聖書と取り組んでいます）、第二に科学的言説（素粒子加速器はなんという想像力の始動装置でしょう！）、それにポルノグラフィックな言説です（私はセックス＝ショップに出まわっているテクストのかなりなコレクションをもっています）。なぜこれら三種類の言説なのか？　なぜならまさしくこれら三種類の言説は、実は共謀関係にあるというのに、相互に排他的であろうとしているからです。私は権力を保証するこの種の諸言説間の絶縁状態をうち砕こうと努めているのです。

――ところで、エクリチュールそれ自体はどんなふうに展開するのですか？

ソレルス　それはいわば音楽的行為というか、音楽を聞いたあとで（聞きながらではなく――というのもその時には私の頭はあまりにも凄まじい音響に満されていますから）、しばしば私の行なう行為の等価物です。たとえばハイドン、モンテヴェルディ、シェーンベルク、シュトックハウゼンなど……。私の夢は、一種の言葉のオペラが創れたら、ということなんです。しかしそれは困難です。というのも古典主義によって植民地化されたフランス語はこの種の操作にあまり適していないからです。それで、『法』（一九七二年）いらい、私は執筆のあいだじゅうテープレコーダーを使うことにしています。その音響効果を考えていろいろな箇所にあとで手を入れることができるように。ジョイスが『フィネガンズ・ウェイク』を書くに当って用いた技法もややそれに似ていました。彼自身が一九三四年に吹き込んだこの作品の録音をお聞きになれば、彼の声が低音から高音へ、あるいは高音から低音へ、さまざまに変化していることに気づかれるはずです。そして一見したところ不透明なこのテクストが実は声の抑揚からなるひとつの体系であることがわかるはずです。

言うまでもなく、いつも同じ状態で書けるわけではないという事実を考慮に入れる必要があります。問題なくすらすら書き進められる時もあれば、逆にまったく筆が進まないこともあります（作家たちがなぜその点について多くを語ろうとしないのか、私にはわかりませんが）。実を言えば私が仕事を進めるうえで二つの異った方法を用いるのはそのためなのです。第一の、手で書く方法は、自分の精神状態が不十分で、いわば外科手術的に事を進めなければならない時に使います。第二の方法は、《幸福な》状況のもと、私の頭脳のコンピューターが順調に作動している時に用いるもので、直接タイプを使って書くわけですが、この方法によって得られる能率はきわめて興味深いものです。そういう時には、まるで回教僧の踊りのような感じです。私はさまざまな音素と意味を同時に回転させる。

それは一種の爆撃のようなもので、今ではそれを目に見える形の句読点なしに書き写すことにしています。というのも、そういう場合にはすべてが句読点にほかならないからです。付け加えておけば、これら二つの技法は、はっきりと区別された二つの異なる仕事の場に対応しています。タイプで仕事する部屋にはピアノが置いてあります。それは当然のことで、事実、タイプでものを書くということは、ピアノと同じく、打つ行為ではないでしょうか。そこにはまた、頭脳との関連において両手が分離された状態もあり、それは手でものを書く人間の伝統的な姿勢と根源的に異るのではないでしょうか。

しかし言うまでもなく、現実に私の仕事を形作る種々の操作は多かれ少なかれ同時になされます。結局、皮肉な比喩を持ち出せば、執筆にあてる時間中（ふつう午前中、二十分から三時間）、私は千本の腕をあらゆる方向に振りまわす女神カーリに似ているとでも言えばよいかもしれません。唯一のことをする以外は問題になりえない唯一の瞬間、それは、ある決定的状態を表現するかしないかを決めなければならない瞬間です。それはつねに劇的な瞬間です。しかしそういう瞬間を経ることが絶対に必要なのです。それが失敗だったことにいつか気がつくためでしかないとしても。というのも私はいつも自分のやることに失敗するからです。しかし、自分の言いたかったことをほんのすこしでも言うのに成功する作家が誰かいるでしょうか？　もしかしたらそれは、そういう体験をもっている人間ともたない人間を区別するのに便利な基準なのかもしれません。

――一冊の本を書きはじめる時、あなたには自分の言おうとしていることがあらかじめわかっていますか？

ソレルス　精神分析医がその患者に、治療を受けているあいだなにを言うつもりかたずねるものでしょうか？　書く場合もそれと同じことで、書き出すまえにあらかじめ「私はこれを、あるいはあれを話すつもりだ」と言うことはつねにできますが、実はなにひとつとして予定通りには進まないのです。われわれの時代は非常にフォルマリスト的な時代ですが、こういう時代であるだけに、この体験につきまとう決定不可能な側面を強調する必要があるのです。ジャン・リカルドゥー〔批評家。ヌーヴォー・ロマンに関する理論で知られる。ソレルスの創刊した《テル・ケル》に一時、参加した〕をご存じですか？　彼にはこんなふうに言えそうな気がします――「注文をどうぞ、X社……」。しかしそんなことはできるはずがありません。彼とは喧嘩別れしました。

　初期の何冊かが、あらかじめ定められたある種の構造をもっていたことは事実です。『ドラマ』はチェス盤のように六十四個の仕切りのなかで続けられる《僕》と《彼》の対話でした。『数』は、三辺が囲まれ、一辺が開かれて客席との交流を可能にするような四角い舞台の上での《私》と《彼》と《あなた》の演技＝絡みあいでした。『法』を書きはじめた時（ヘーゲルの『大論理学』を書き直すというのが私の計画でしたが）、私はひとつの立方体を作りあげていきました。しかし書き進めていくうちに、そんなものは粉砕されてしまい、すべては予定とは違った展開を見せはじめました。たとえば、自分の書いているものがすべて五音節から成っていることに気づいたのです。それはおそらく一九六八年五月の影響だったのにちがいありません。つまり《ナナナ・ナナ》というアクセントをもつスローガン的な側面があらわれていたのです。そこで『H』以降は、堤防のようなものはいっさい作らず、通りすぎるべきものはすべて通すことにしました。いっさい大文字を使わないことにしましたが、それは、グラフィックなものはなにもなく、すべてが発音可能であることを示すためなのです。

しかし、もっとも奇妙なのは、今後、自分の書くものによって乗り越えられることを唯一の基準にしようと決心することによって、私は書き出しの問題を同時に解決したということです。ご存じのように、精神分析の最初の治療面接は、浮び出てくるのにその後何年もかかるはずの要素をすでにすべて含んでいるとフロイトは言っています。エクリチュールの場合もそれと同じなのです。ですから、仕掛けや絡みあいをあらかじめ作りあげてしまったら、書き出しの問題はほとんど解決不可能になってしまいます。昔は書き出しに夢を借りたものです（『ドラマ』、『数』）。今日の私はそれよりはるかに大きな野心を抱いていると言えるかもしれません。『H』の冒頭はあとから付け加えたものです。最初私は、ピエール・オベルネー〔労働運動家。一九七二年、活動中に警備員により二十三歳で射殺〕の埋葬のさいのデモの話からはじめていました。その晩すぐに書いたのです。それから本をもうすぐ書き了えそうな時になって、筆が進まなくなりました。機械がふたたび動き出した時、この結末の部分が実は書き出しを形作っていることに私は気づいたのです。それは私自身の名前に関する一連の言葉遊びから成っていました。それはいわば私の署名だったのです（署名はなぜ終りにしなければならないのでしょうか？）。バルトが指摘したように、私は演じはじめるまえに、自分が何者かを明らかにしているのです。

――モーリヤックとアラゴンの後楯を得た『奇妙な孤独』いらい、あなたの文学的キャリアは奇妙なジグザグ模様を描いているように思えますが……

ソレルス　私は『奇妙な孤独』を自分の著作リストから抹殺しました。十九歳の時二ヵ月半で書いたあの作品は剽窃なのです。表題自体私のものではありません。『公園』もひどく不出来な本です。だいいちあの本には文学賞が与えられました。実を言えば私はかなり長いあいだ、いささか馬鹿だったのです。しかし正真性が即座にあらわれなければならない理由があるでしょうか？

なにかが起ったのは一九六八年前後です。検閲の解除ということがありました。その時突然私は、実際にはなにひとつ言っていないのにすべてを言うことの出来るユートピア的な言語の探求を放棄し、遊びの形に没頭したのです。真実を語るためには次のことを付け加えなければなりません（こんなことを印刷できるかどうか知りませんが、しかし重要なことです）。つまりそれはしばしば、幻覚状態の体験の前、最中、後に組織的に書かれたものだということです。『Ｈ《アッシュ》』というタイトルを取りあげてみましょう。音を聞いて下さい。それは断ち切るものです（アッシュ［hache］は《斧》の意味にもなる）。もちろんランボーの詩があります。しかしとりわけ《アッシュ》があるのです。『法』を書くすこしまえのことですが、私はいくつかの薬品を使いはじめました。ＬＳＤの類ではなく、むしろ大麻とかマリワナなど、それぞれに大変効果のちがう植物です。しかし注意していただきたいのですが、ここでもやはり本質的に重要なのは、化学製品がどういうものかではなく、言語の音楽的機能を捉えるという事実のほうなのです。それはいわゆる正常なコミュニケーションのなかでは私たちが拒否するのに躍起となっている状態です。なぜ拒否するのか？　それは性的抑圧のためです。

――そのような仕事の仕方が、あなたの革命観と両立するとお考えですか？

ソレルス　ああ！　いいですか、私は天から降ってきて書物と直接コミュニケートする読者などというものを全く信じちゃいないんです。私はそれとは全く相反する原則から出発します。つまり人は、そうと知っていようといまいと、歴史的・無意識的現実のなかに浸りきっているということ。たとえ街の読者がヘーゲルが何者なのか知らないとしても、彼の生全体が弁証法の影響を受けていることに変りはないのです。ですから、もし革命があるとすれば、それは言語を経由しなければなりません。私の唯一の問題は、直接的な衝撃をひき起すのに十分生き生きした、近代的かつ（教養に支えられているとはいえ）民衆的な言語を書くことなのです。

（一九七四年十一月二十九日）

ミシェル・トゥルニエ

——私は泥坊かささぎに似ている

Michel Tournier

一九二四年生まれ。四十三歳で初めて小説を発表した晩成の作家であり、三年ないし五年に一作という寡作家でもあるが、その成功は圧倒的であった。処女作『フライデーあるいは太平洋の冥界』（六七）でアカデミ・フランセーズ小説大賞を受け、三年後の『魔王』でゴンクール賞を獲得した。七七年、精神的自叙伝とも言うべき『聖霊の風』を発表、小説に到りつくまでの過程を彼自身次のように書いている――（1）哲学。もともと哲学者を目ざしていた彼は、整序された概念に基く哲学体系を何よりも重視する。哲学の教授資格試験に失敗し、次善の策として小説に向った。（2）翻訳。レマルクの小説を二つ仏訳したが、言語表現技法の習得と、書くことに馴れるのに役立った。（3）放送。ほぼ十年間放送界で働いたことが一般大衆というものを彼に啓示し、《集団の魂》に働きかけることの重要さを知った。そのためにこそ小説を書くのだと彼は言う。＊二〇一六年死去。

まず最初に白状しておかなければならないことがあります。私は想像力を欠いているのです。完全な創作にかかる部分は私の小説作品にはごく僅かしかありません。『魔王』のなかのもっとも気狂いじみた箇所は現実から直接借りてきたものです。《ホモ・ユデウス・ボルシェヴィクス》［ユダヤ人のボリシェヴィキ］というレッテルを貼った壺に入れて、ユダヤ人人民委員の頭蓋骨を蒐集《しゅうしゅう》したという話も、正真正銘、現実にあった話なのです。『フライデーあるいは太平洋の冥界』の一節はライプニッツの『単子論』から掠めてきたものですし、『魔王』のなかの小学生の騎馬戦を描いた部分は、アラン＝フルニエの『モーヌの大将』からとったものです。それに『魔王』はもともとフローベールにその着想を負っているので、この作者の真の選文集を形作っているほどです。串刺しの刑に処された子供たちは『サランボー』を思い出させますし、ゲーリングの駆り立ては『聖ジュリアン伝』を、伝書鳩の飼育に関する術語集やSSの位階、人種差別主義に関する科学的説明などは『ブヴァールとペキュシェ』を思い起させます。ボヴァリー夫人の結婚披露宴に出されたデコレーションケーキの模様、有名なあの果しない文章などは模作を試みたほどです（ネストールの自転車の描写を参照）。私は泥坊かささぎに似ています。あちらこちらから自分の気に入ったものを拾い集めてきて、自分の巣に貯めこむのです。問題は、それから一冊の書物が出てくるまで、こういった異質なものをすべてかきまわすことです。

――お仕事をどんなふうに進めるのか、話していただけますか？

トゥルニエ　それはなによりもまず環境の問題です。間もなく仔の産まれる穴熊のように、自分の隠れ家を作るのに成功しなければなりません。幸い私は田舎（シュヴルーズの谷）の大きな家にひとりで住んでいますので、ある本の主題を思いつくやいなや、私の仕事場である屋根裏部屋に、本、新聞の切抜き、文献など、自分の主題に関するものすべてを蒐集しはじめます。それは義務なのです。小説はその一篇一篇が膨大な文献を要求します。『魔王』を書いた時、私は四十二巻にのぼるニュルンベルク裁判の記録や、ドイツ語で書かれた狩猟の本、軍事目的に用いる伝書鳩の飼育法などのほか、東プロシアの民話の専門家で、のちにミュンヘンに難を避けたケーニヒスベルクのある出版社の全蔵書も手に入れました。それを見つけることができたのです。その他かつて《ナポラ》（ヒトラーの作った政治教育学院）の生徒だった人々と連絡をとり、ナチの幼年学校の元校長で、今はコカ・コーラの販売業に宗旨替えした男の隠棲する村で三日過ごしたりしました。バルドゥール・フォン・シーラッハ（ヒトラー・ユーゲントの指導者）に会ったことさえあります。私の屋根裏部屋は最後には東プロシアの小さな飛地みたいになってしまいました。私は地酒を使った料理法をあなたに書き出すこともできれば、田舎の小話をすることもできたでしょうし、一九四五年以前に印刷された地図を散々眺めたので、今日ではスラヴ名になってしまったどんな小さな村の名前でも即座にあげることができたと思います。しかもその土地には一度も足を踏み入れたことなしにです。たとえそうしたところで、なんの役に立つでしょう。四年たって本が終りに近づくと、私は日に何時間か、土を掘ったり鋸で挽いたり写真を現像したりする以外には屋根裏部屋から一歩も出ないようになってしまいます。小説が家のように構築されるのはそういう執念に駆られた状態でなのであって、日がたつにつれて次第に住み心地がよくなり、最後の頁がめくられてしまうと、その家を出て、ふたたび雨風に晒されるのが辛く感じられるほどです。

――書くこと自体はあなたにとって難しいことですか？

トゥルニエ　白い頁をまえにした時の不安や苦悩がどんなものか、私は知りません。私は非常にゆっくり手で書くので（書きあげたあと、タイプしながら直していきます）、私の頭脳はほとんどいつも自分のペンの先を行っており、実際上、ペンはなにひとつ創作する必要がありません。アナトール・フランスあるいはポール・ブールジェのように書くといって私を非難する人がありうることはわかっています。しかし実を言えばそんなことは私にとってまったくどうでもいいのです。白状しておかなければなりませんが、そもそも小説は私の真の天職ではなかったのです。私は哲学者としてのキャリアを夢みていました。ミシェル・ビュトールと同時にアグレガシオン［上級教員資格試験］に落第して、私は哲学をやるもうひとつの手段として文学を選んだのです。私の唯一の文学上の問題は、したがって、教育学の領域に属するものです。私の言わなければならないあの微妙かつ難解なことを、いかにして明晰かつ快いものにするかということ。「主題をいっさいもたず、文体の力だけで支えられているような小説を書くこと」という例のフローベールの夢と称されるものなど持ち出さないでいただきたい。なぜなら実際はフローベールは自分の言いたいことを表現できるような主題が見つからないままに、ひたすら髪の毛をむしっていたんですから。

――それにしても今日では、主題というこの概念はなにかしら無償なものを含んではいないでしょうか？

トゥルニエ　私の書くもののなかには、無償なものはまさしくなにひとつ含まれていません。どんな細部も、たとえば主人公の髪の色も、偶然に選んだりはしません。私の小説が、私の付与した機能を果しうるためには、つまり現実に穴をあけ、そのかげにかくされているものを発見する鑿岩《さくがん》機の役割を果しうるためには、それらが絶対的整合性をもつ全体を形作らなければなりません。言いかえれば各部分が相互に呼応しあうひとつの《ゲシュタルト》を形作る必要があるのです。

『魔王』の場合をとってみましょう。最初私はドイツについて、またドイツが私の生のなかで果した役割について言うべきなにかを持っていました。やがてある火花が生じたのです。その象徴的な意味ゆえに私の注意を引きつけたある歴史的細部です。それはなにかといえば、ドイツの少年少女を《ヒトラー・ユーゲント》に編入するのに選ばれた四月十九日という日付なのですが、これが実は総統の誕生日の前日に当るのです。この新しいミノタウロスもまた貢物として若い少年少女を要求していたというわけです。ひとたび人食い鬼のテーマが決ると、私は自分の登場人物〔主人公アベル・ティフォージュ〕の特徴を全部教えてくれる口伝に訊ねるだけで満足しました。シャルル・ペローは、彼が森に棲む巨人であることを教えてくれましたし、パンタグリュエルとガルガンチュアは、彼がスカトロジックな趣味の持主であることを教えてくれました。彼の近視は、ポルフェーモス（ギリシア神話の一眼巨人のひとり。ポセイドンの息子。オデュッセウスに目を焼かれてしまう）からコラン・マイヤール（目かくし遊びの一種）にいたる神話によって暗示されました。

小説家のなかには、自分は登場人物をとらえきれない、彼らのあとをついて行くだけだと好んで言う人もいますが、私の場合は違います。神話的・象徴的メカニズムの拘束力が非常に強く、それが登場人物たちの行動を完全に決定してしまうのです。

——あなたはどうやってそれらの象徴的類似性を獲得するのですか？

トゥルニエ　その秘密のひとつは、小説の結末を冒頭より先に書くことです。そうすれば、まず第一に自分の行先を予見することができますし、途中で挫折するのを防ぐこともできます。書き出しはすばらしいのに、尻切れとんぼな小説ほど胸の痛むものはありませんからね。私個人としては、もしなにかに失敗しなければならぬものなら、むしろ書き出しにしくじるほうが良い。次いで私は厳密な場面構成にとりかかります。書物はつねに、中程に位置する危機（『魔王』の場合は宣戦布告）によってわけられた二つの斜面から成っています。対応関係を得るためには、これら二つの斜面について仕事を同時に進行させるだけで十分です。必要とあれば私は躊躇なく後もどりして書きます。私の好きな技法のひとつは《皮肉な倒置》です。ご存じのようにヴァレリーは、パスカルの『パンセ』を裏返すことによって、それらに真の深さを与えることができると言いました。その例証として、「これらの空間の永遠の沈黙が私を怖れさせる」という有名な言葉をとりあげ、それをこう変えました——「片隅の間歇的な騒音が私を安心させる」。信じていただきたいのですが、これは大変教訓に富む技法で、おまけにおそろしく面白い。しかし私にとってモデル中のモデルとも言うべきものは、ヨハン＝セバスチャン・バッハの『フーガの技法』であって、これはまさしく言語の錬金術の極致です。あの作曲家が最後の作品の最後のフーガの楽譜のうえに倒れて死んでいるのが見つかったこと、そしてこのうえない洗練というべきか、その最後のフーガが、ドイツ語の音符のB・A・C・Hを基調として書かれていたことを知る時、音楽史全体のなかでも、これ以上激越な、ロマンチックな、堪えがたいものはないことを認めずにはいられません。

――とはいえ、あなたの作品は、読者の反応や反響の多いのが特徴ですが、あなたの発見は幸運によっても助けられたのではないでしょうか?

トゥルニエ　ひとつ申し上げておきましょう。ナポレオンが一介の兵士を将軍に昇格させようとする時、まず第一に幸運に恵まれているかどうか訊ねるのが常だったということです。ナポレオンは、幸運に恵まれていることもすぐれた将軍の備えるべき徳のひとつだと考えていたのです。すぐれた小説家もまた、幸運に恵まれているのにちがいありません。

（一九七〇年十一月二十三日）

訳者あとがき

本書は Jean-Louis de Rambures : *Comment travaillent les écrivains*, Ed. Flammarion, Paris, 1978 の全訳である。原題を直訳すれば「作家たちはどのように仕事するか」となるであろうが、これでは日本語の表題としてなじまないので、「作家の仕事部屋」とした。

ここに集められた二十五人の作家へのインタヴューは、もともと《ル・モンド》の文芸特集欄《ル・モンド・デ・リーヴル》（書物の世界）に掲載されたもので、その時期は一九七〇年から七六年にわたっている。したがって、もっとも古い時期のインタヴュー（マンディアルグやグラック）はすでに十年近くまえのものということになるが、だからといって内容が古びたとは言えない。ランビュールの「序」からも見てとれるように、これらのインタヴューは、文学賞の受賞者とか話題作の作者とか、《時の人》を追ったものではなく、それぞれの意味で現代を代表する作家たちを選び、極めて即物的な質問を呈することによって、各人の習慣や癖を浮び上らせたものだからである。

これらのインタヴューに当って、ランビュールの選びとった方法や意図は「序」に述べられているので、訳者としては付け加えるべきなにものもない。ただ、仕事の場と方法について、どこで、いつ、どんなふうに、とつねに具体的な質問に徹した彼が、それぞれの作家から引き出した答の面白さに注目したい。答のひとつひとつが、いわば楽屋裏を覗く楽しみを十分に味わわせてくれるだけではなく、それぞれの作家の特性を、とりわけ作品の特性を、あるいは側面から、あるいは裏側から照らし出してくれる。視覚と聴覚による情報伝達手段がいかに発達したとはいえ、私たちが外国の作家に接するのは圧倒的に活字を通じてであり、本書もまたそのひとつであることに違いはないのだが、バルトにせよソレルスにせよ、サガンにせよシクスーにせよ、作家がなかなか語ろうとしない《なぜ》——彼らの作品がなぜあのような形態と内容をもつのか——が、ランビュールの仕掛けによっておのずから明らかになってくる。「挿話的なものをスプリング・ボードとして利用する」という彼の意図は、みごとに成功したと言えよう。

著者ジャン＝ルイ・ド・ランビュールに関しては、詳しいことはわからないが、原書の裏表紙にみられる簡単な紹介によれば、外務省文化局に勤めるかたわら、主としてドイツ文学に関する評論や紹介を、《エクスプレス》や《ル・モンド》に寄稿している。具体的には大使館文化部の一員として外国滞在の経験に富む人のようである。外から自分の国を眺めるという経験が、あるいはこれらの作家の選択にあずかって力があったかもしれない。

なお本書の一部は昨年秋、中央公論社の文芸雑誌《海》に掲載された（十一、十二月号）。その時訳出しなかった分もふくめて本書にまとめるに当っては、同社書籍部の笠松巌氏にお世話になった。記して感謝したい。

一九七九年四月

岩崎　力

解説　結果を約束しない様々な儀礼《プロトコール》

読書猿

在野君　やあ、久しぶりだね。
平民君　君こそ、随分と懐かしいものを読んでるじゃないか。
在野君　たしかに、約五十年前に刊行されたものだものね。
平民君　若い頃、書く仕事にあこがれていたから、よく読んだ覚えがあるよ。ロラン・バルトに始まってビュトール、ル・クレジオ、レヴィ＝ストロース、マンディアルグ、サガン、ソレルス、トゥルニエ……。名だたる作家や思想家たちが並んでる。今見てもすごいメンバーだな。
在野君　当時、こうした「作家」たちは、作品を通してしか触れることができなかったから、ある種の「肉声」を読むことができたのは、うれしかった覚えがあるな。海外作家のインタビューなんて、まだまだ珍しかったからね。
平民君　最初にこの本の抄訳が掲載された『海』という文芸雑誌が、ちょっと変わっていたしね。いわゆる文壇から外れているというか、唐十郎の戯曲を載せたり、筒井康隆に書かせたり。

在野君　その一方で海外文学の紹介にも力を入れていた。この本の原著がフランスで出たのが一九七八年。もうその年の終わりには抄訳が『海』（十一、十二月号）に掲載されて、翌年には全訳が単行本として刊行されている。実はこの本、世界的に有名といった書物ではないらしい。翻訳が出ているのは、確か日本だけじゃなかったかな。

平民君　ほんとうに？　これだけのメンバーの創作秘話が読めるのに？

在野君　当時だからこそ、あり得た翻訳企画かもしれないね。この本に収められたインタビューはすべてフランスの「作家」のものだけど、インタビュアーであり編者であるジャン＝ルイ・ヴィコント・ド・ブレティゼル・ランビュール（Jean-Louis Vicomte de Bretizel Rambures, 1930-2006）は、パリ政治学院でLicence en droit（法学士）、Licence d'allemand（ドイツ語学士）を取得した後、チュービンゲン大学に留学してドイツ文学を専攻したドイツ通で、フランスではドイツ文学の翻訳者・紹介者として知られている。本にまとめられていないが、ヘルタ・ミュラー、エルンスト・ユンガー、トーマス・ベルンハルト、ギュンター・グラス、ハインリヒ・ベルといったドイツ作家などへのインタビューも行っている。ドイツ滞在も長くて、七〇年代初めからはボンでフランスの文化担当官を務めていた。

平民君　「序」にも当時住んでいたドイツから、二度パリに呼びつけられたみたいなことが書いてあるね。

在野君　そして翻訳した側である日本の状況だけれど、当時は、サルトル、カミュが活躍したアンガジュマン（社会参加）の季節は過ぎていたにしろ、フランス文化というかフランスの知性に対する敬意が、今とは比べ物にならないくらいに高かった。掲載誌である『海』に限っても、全盛期を担った三代目編集長・塙嘉彦《はなわよしひこ》は東大の仏文科出身、フランス政府技術研修生として『ル・モンド』や『エクスプレス』で仕事をしたこともある。『海』で海外文学を担当した編集者・安原顕《やすはらけん》も早稲田の仏文科出だ。

平民君　実にフランスに傾斜してるね。英語が「国際公用語」の覇権を握ったせいか、フランス自体の文化的発信力が低下したのか、かつては文学部の看板学科とまで言われた仏文科は二十一世紀に入って次々廃止されるわけだけども。

在野君　それから一九七〇年代後半というのは、文章本のブームが起こった時代でもある。七三年に三島由紀夫の、七五年に谷崎潤一郎の『文章読本』が文庫化されて、続いて七六年には後にロングセラーとなる本多勝一の『日本語の作文技術』が登場する。七八年には『週刊朝日』で一年間、様々な作家、書き手が週替りで登場する「私の文章修業」が連載されている。

平民君　なるほど。フランスの知への憧憬が文章本ブームと交差したところに生まれた翻訳企画というわけか。

在野君　それは同時に、フランス文学やフランス現代思想の「凋落」後に生きている我々にとって、この本が知る人ぞ知る存在に留まっている理由かもしれない。

平民君　それでも、フランスの知への尊敬が以前ほどではなくても、今もこの本は読まれる価値がある、と君は思うんだね。

在野君　そうだね。まず、書くことの困難さは、その種類は変化したとしても、五十年前と今とを比べても、さほど変わっていない気がする。

平民君　インタビューで、万年筆にこだわるロラン・バルトが最近タイプライターの練習を始めたと言っているけれど、その後ワードプロセッサーそしてパソコンが登場しても？　もう少し意地悪な言い方をすれば、ＣｈａｔＧＰＴのような大規模言語モデルが大半の人達より流暢な文章を生成するようになっても？

在野君　そうだ。だからこそ「書くことの秘密を知りたい」という欲望は世に尽きることがない。既に名を成した書き手に、その創作の秘密について尋ねるインタビューは、それだけで胸躍る企画だろう。

平民君　この種のインタビュー企画では、創刊以来長年続く『パリ・レビュー』誌のものが有名だけど。

在野君　『パリ・レビュー』を引き合いに出すとよく分かるが、いわゆる文学者、それも小説家だけに限らず、日本では思想家や学者と目されているレヴィ＝ストロースなども、この本では「作家（エクリヴァン）」の一人としてインタビューを受けているのも特徴の一つだろう。そのおかげで『作家の仕事部屋』は、小説家自身が語る創作論に限定されず、より広く、書くこと、さらに「知的生産」の秘訣を当事者たちが語った書物としても読める。

平民君　対して日本で文章本の伝統は、ある時期まで、作家、小説家が引っ張ってきたところがあるね。

在野君　その伝統に対して、早い時期に反抗した清水幾太郎（『論文の書き方』岩波新書、一九五九）のような例外はあったにしてもね。

平民君　「書くことの秘密」か。それは確かに惹かれるね。しかし「人生経験はコピペできない」というのが君の持論だったろう。成功者の方法を真似ても同じ結果が得られるとは思えない。

在野君　当然ながら、人それぞれの環境や特性はみな違う。他人の方法が自分にも当てはまるわけではない。

平民君　それでも「作家」たちの創作の過程を学ぶことに価値があるとしたら何なのだろう？　僕が見るところ、この本に登場する二十五人の「作家」はいい意味でも悪い意味でも「個性的」で、書くことを成功に導く共通因子のようなものは、見当たらない気がするんだが。

在野君　確かに編者のランビュールも、執筆のための理想的な作業方法のようなものは見つけることができなかったと認めている。

平民君　結論づけるなら「みんなちがって、みんないい」みたいなことになりそうだね。あるいは「私はこういうやり方でやっている。君は、君のやらなければならないやり方で、やりたまえ」（テレンティウス）か。

在野君　計画的に書く作家もいれば、ほとんど行き当たりばったりに書く者もいる。ギ・デ・カールのように、最初の原稿にほとんど手を加えない人もいる。逆に、ミシェル・ビュトールのように、大幅に修正したり書き直したりする人も。書く場所も、寝室だったり、ビストロだったり、どこでもよかったり、これも様々。

平民君　興味深いが、教訓のようなものは引き出せそうにないね。

在野君　あえていうなら、こういうことかも知れない。「作家」たちはそれぞれのやり方で書く。少なくとも、インタビューに応じたような「作家」たちは、ね。僕が思うのは、この本が示すのはまず、万人に当てはまるような「書き方の正解」といったものは存在しない、ということなんじゃないだろうか。それは「自分のやり方は間違っているのじゃないか」と手を止めている人にとって、一種の解放的な役割を持つかも知れない。何しろ、この本は、「伝わらない文章」を悪文だと責め立てることもなければ、フォーマットやフレームワークの学習を「ライティング教育」だと言い張る傲岸さもないからね。